ভয়ের চার অধ্যায়

শিবাজী চ্যাটার্জী

XpressPublishing
An imprint of Notion Press

XpressPublishing
An imprint of Notion Press

Old No. 38, New No. 6
McNichols Road, Chetpet
Chennai - 600 031

First Published by Notion Press 2020
Copyright © Shibaji Chatterjee 2020
All Rights Reserved.

ISBN 978-1-64805-483-9

This book has been published with all efforts taken to make the material error-free after the consent of the author. However, the author and the publisher do not assume and hereby disclaim any liability to any party for any loss, damage, or disruption caused by errors or omissions, whether such errors or omissions result from negligence, accident, or any other cause.

While every effort has been made to avoid any mistake or omission, this publication is being sold on the condition and understanding that neither the author nor the publishers or printers would be liable in any manner to any person by reason of any mistake or omission in this publication or for any action taken or omitted to be taken or advice rendered or accepted on the basis of this work. For any defect in printing or binding the publishers will be liable only to replace the defective copy by another copy of this work then available.

বিষয়বস্তু

1. ব্ল্যাক ক্রিকেট   1

1

ব্ল্যাক ক্রিকেট

আবহাওয়াটা মোটেই ভালো লাগছে না রজতের। তিনদিন হয়ে গেল কিনিয়ায় এসেছে সে। কিন্তু চুপচাপ হোটেলে বসে থাকা আর কাঁচের জানলা দিয়ে বাইরের শহর দেখা ছাড়া এই তিনদিন সে কিছুই করতে পারেনি। নাইরোবিতে নামার পর সোজা গাড়ি করে তাকে এই চুকা শহরের ছোট্ট হোটেলে নিয়ে এসে তুলেছে টিকাও। যাবার আগে বলে গেছে যে রজত দুইদিন একটু বিশ্রাম নিক। দুদিন পরে এসে সে রজতকে আসল কাজে নিয়ে যাবে। কিন্তু দুদিনের জায়গায় তিনদিন হয়ে গেলেও টিকাও এর কোন পাত্তা নেই। এদিকে হোটেলে থেকে রজত রীতিমত হাঁপিয়ে উঠেছে। বাইরে রীতিমতো গরম তাই হোটেলের এসি রুম থেকে বেরোনোর কোন ইচ্ছে রজতের হয়নি তবে হোটেল স্টাফদের সাথে যৎসামান্য কথা বলে সে এই চুকা এবং এর আশেপাশের জায়গা সম্বন্ধে কিছুটা জেনেছে। দুটো ভাষা এই অঞ্চলে প্রধানত চলে। এক ইংরেজি আর দুই হলো স্থানীয় ভাষা সোয়াহিলি। এখন শুধু অপেক্ষা টিকাও এর। রজত বুঝতে পারছে না ও কবে আসবে আর ম্যাচটা কবে হবে!

ক্রিকেটার হিসাবে রজত রায়ের ৫ বছরের কেরিয়ারে বেশ কিছু উত্থান পতন হয়েছে এরিমধ্যে। ২০ বছর বয়সেই ক্লাব ক্রিকেটে ভালো পারফরমেন্সের জন্য বাংলা রন্জী দলে জায়গা করে নেয় রজত। রন্জী ট্রফিতে সেই বছরই দুর্দান্ত খেলে রজত। কিন্তু সেমিফাইনালে ব্যাট করার সময় মাথায় বল লাগে রজতের। তিনদিন কোমায় থাকার পর সুস্থ হয় সে বা বলা যায় একপ্রকার মৃত্যুর মুখ থেকে ফিরে আসে রজত। এরপর শারীরিক ও

মানসিক ভাবে পুরোপুরি ক্রিকেটে ফিরে আসতে কিছুটা সময় লাগে রজতের। টোয়েন্টি টোয়েন্টি ক্রিকেটের রমরমার যুগে দেশে শুরু হওয়া ন্যাশনাল প্রিমিয়ার লীগে দিল্লি টাইফুন ফ্রান্চাইজিতে যোগ দেয় রজত বেশ মোটা টাকার চুক্তিতে।

প্রথম সিজনে যথেষ্ট ভালোই খেলেছিল রজত। বেশ কিছু ম্যাচের রং চেঞ্জ করে দিয়েছিল রজতের চওড়া ব্যাট। কিন্তু চোট আঘাত যেন রজতের পিছু ছাড়ে না। কোমরের চোটের কারনে পরের সিজনে টাইফুনের হয়ে বেশীরভাগ ম্যাচ সে খেলতে পারেনি। সৌভাগ্য বলতে হবে যে এই সিজনে টাইফুন তাকে রিটেন করেছে। রিটেন করলেও এবার প্রিমিয়ার লীগে টাইফুনের বেশীরভাগ ম্যাচে রজত রির্জাভেই ছিল। অল্প যে কয়েকটি ম্যাচে সুযোগ এসছে তাতেও উল্লেখযোগ্য কিছু করে উঠতে পারেননি রজত। ফ্রান্চাইজিতে নিজের ভবিষ্যৎ নিয়ে যথেষ্ট চিন্তিতই ছিল রজত আর ঠিক এমন সময়ে তার পরিচয় হয় টিকাও এর সাথে।

স্যামুয়েল টিকাও ওরফে স্যামি ছিল কেনিয়া, জিম্বাবোয়ে ইত্যাদি আফ্রিকান দেশের ব্ল্যাক ক্রিকেটারদের সেলিং এজেন্ট। তার জব ছিল বিভিন্ন দেশে আয়োজিত হওয়া টি টোয়েন্টি লিগের ক্লাবগুলিতে কৃষ্ণাঙ্গ ক্রিকেটারদের খেলার সুযোগ করে দেওয়া। বদলে ওই খেলোয়াড়দের থেকে কমিশন আদায় করা। টিকাও নিজেও একসময় ক্রিকেট খেললেও সর্বোচ্চ পর্যায়ে খেলা কোনদিন হয়নি। এইরকম একটা জবের সাথে যুক্ত থেকে সে তার অসম্পূর্ণ খেলোয়ারী আক্ষেপ মিটিয়ে নিত।

ন্যাশনাল প্রিমিয়ার লিগ চলার সময় স্যামি টিকাও দিল্লী টাইফুন ক্লাবে কিছু কৃষাঙ্গ ক্রিকেটারের ডোসিয়ে নিয়ে আসে যদি ক্লাব কর্তাদের পছন্দ হয়। এই সময়ই রজতের সাথে একদিন তার পরিচয় হয়। অচিরেই এই ছটফটে হাসিমুখ সরল যুবকের সাথে রজতের ভালো বন্ধুত্ব হয়ে যায়। তার কাছেই রজত জানতে পারে কিনিয়ার ক্রিকেটের বর্তমান অবস্থা। জানতে পারে যে দেশের প্রতিভাবান খেলোয়াড়েরা দেশের জন্য খেলায় কোন উৎসাহ অনুভব করে না কারন পয়সার অভাব। বিভিন্ন দেশের ফ্রান্চাইজিতে খেলে অনেক বেশী রোজগার করে তারা। আজ থেকে ১৪-১৫ বছর আগে স্টিভ টিকোলো,মরিস ওদুম্বেরা যে উচ্চতায় কিনিয়ান ক্রিকেটকে নিয়ে গেছিল তার ধারেকাছেও এখন নেই।

টিকাও এর কাছে রজত আরও জানতে পারে যে টিকাওদের শহরে দুটো ক্লাবের মধ্যে অনেক বছর ধরে একটা ক্রিকেট ম্যাচ হয়। খুব প্রতিদ্বন্দিতা

এই ম্যাচে টিকাও নিজেও অংশ নেয়। একদিন রজতের ফ্ল্যাটে বসে সেই ম্যাচ নিয়েই কথা হচ্ছিল।

টিকাও- বোয়ানা,ফ্যান্টাসটিক প্লেয়ার তুমি।আমাদের দেশে হলে তুমি অলরেডি স্টার হয়ে যেতে বাট তোমার এখানে প্রচুর গ্রেট প্লেয়ার তাই তুমি হালে পানি পাচ্ছো না।

রজত(হালকা হেসে) - আমার কথা বাদ দাও টিকাও।তোমার কথা বলো।তোমার শহরের কি একটা ম্যাচের কথা বলছিলে তুমি?

টিকাও- ওঃ। সে এক অদ্ভুত ব্যাপার বোয়ানা।একেবারে কার্নিভাল বসে যায়।প্রত্যেক ইয়ারে ম্যাচটা হয় আর প্রতিবার অসাধারন এক্সপিরিয়েন্স হয়।

রজত- রিয়ালি? তা কিরকম মজা হয় একটু বলো শুনি।

টিকাও- জানো বোয়ানা,আমাদের দেশে এখনও অনেক কুসংস্কার অনেক অন্ধবিশ্বাস লোকের মনে থাবা গেড়ে আছে। এই ম্যাচেও সেই প্রভাব পড়ে। ম্যাচের আগে পূজোআচ্চা হয়,মানত করা হয় এমনকি অনেকে তন্ত্রমন্ত্রেরও সাধনা করে।

রজত- ক্রিকেট ম্যাচে তন্ত্রমন্ত্র! ভেরী ইন্টারেস্টিং তো।

টিকাও- ইয়েস বোয়ানা।ব্ল্যাক ম্যাজিক।ডু ইউ নো ব্ল্যাক ম্যাজিক?

চমকে ওঠে রজত।বলে কি টিকাও! ব্ল্যাক ম্যাজিক! আফ্রিকার বিখ্যাত ব্ল্যাক ম্যাজিক! যদিও রজত ব্ল্যাক ম্যাজিকের নামই শুনেছে কিন্তু সেটা সম্বন্ধে সেইরকম কিছু তার জানা নেই তবুও টিকাও এর মুখে এই কথাটা শুনে সে চঞ্চল হয়ে উঠল।

রজত- ক্রিকেট ম্যাচে ব্ল্যাক ম্যাজিক ব্যবহার করা হয়? কি বলছ তুমি?

টিকাও- হ্যাঁ বোয়ানা।হয় হয়।আমাদের দেশে সব হয়।এই ম্যাচটা জেতার জন্য আমরা সব করতে পারি।

রজত- কিন্তু খেলার তো একটা নিয়ম কানুন আছে।

টিকাও- তুমি কেন বুঝতে পারছো না বোয়ানা যে এটা কোন অফিসিয়াল ম্যাচ নয়।এটা দুটি অঞ্চলের মধ্যে খেলা।তুমি গেলে দেখতে পেতে যে এই খেলাকে কেন্দ্র করে দুই এলাকার সবাই এই একটা দিন কিরকম মেতে ওঠে। সবাই সব কাজ ফেলে মাঠে চলে আসে।দুই দলের খেলোয়াড় থেকে শুরু করে কর্মকর্তা সবাই বিভিন্ন ওঝা তান্ত্রিকের শরণাপন্ন হয় জেতার জন্য।

রজত- আর তারাই এই সব তন্ত্র মন্ত্র জাদু টোনা আর তোমার ওই সো কলড ব্ল্যাক ম্যাজিক করে?

টিকাও- ইয়েস বোয়ানা। কিন্তু দুঃখের কথা কি জানো! লাস্ট ৫ বছর ধরে আমরা মানে চুকার লোকেরা মেরুদের কাছে হেরে আসছি। আমাদের ওঝার ব্ল্যাক ম্যাজিকও ওদের টলাতে পারেনি। জানিনা এবার কি হবে?

রজত- তাহলেই বোঝো যে এইসব করে কখনও খেলায় জেতা যায় না। জিততে হয় মাঠে খেলে।

হো হো করে হেসে ওঠে টিকাও।

- তুমি কি ভাবলে যে ওরা খেলে জেতে! না রজত না। ওরাও কালা জাদু করে। আসলে ওদের ওঝা অনেক ক্ষমতাশালী। তাই ওদের জাদু কাজ করে। আমাদের ওঝার শুধু মুখসর্বস্ব। কাজের বেলায় লবডঙ্কা।

রজত- টিকাও তোমার কথা শুনে আমারও খুব ইচ্ছে করছে এই ম্যাচটা প্রত্যক্ষ্য করার।

টিকাও- তুমি যাবে বোয়ানা? ওঃ তাহলে তো দারুন ব্যাপার হবে। আমি আর কিছুদিন বাদেই দেশে ফিরব ওই ম্যাচটার জন্য। তুমি চাইলে আমার সাথেই যেতে পারো।

রজত- হুমম, বেশ। আমায় একটু ভাবতে দাও। আমি দুদিনের মধ্যে জানাচ্ছি তোমায়।

টিকাও- ওকে ওকে। থিংক অ্যান্ড ডিসাইড। তবে আমি এখন উঠি বোয়ানা। কিছু কাজ বাকি আছে।

টিকাও উঠে দরজার দিকে পা বাড়াল। দরজা খুলে বেরিয়ে যাবার সময় রজতের দিকে একটা রহস্যময় হাসি দিয়ে বলল- একটা কথা বলতে পারি বোয়ানা। যদি যাও আমার সাথে তবে নিরাশ হবে না। একটা ইউনিক এক্সপিরিয়েন্স নিয়ে ফিরবে সেটা আমার গ্যারান্টি।

চলে গেল টিকাও। রজত উঠে পড়ল বিছানা ছেড়ে। গিয়ে দাঁড়াল জানলার ধারে। তার এই দশতলার ফ্ল্যাটের জানলা দিয়ে নীচের চলমান কলকাতা শহরটিকে ঠিক চলমান পিঁপড়েদের মত দেখাচ্ছে। সেদিকে তাকিয়ে দেখতে দেখতে রজতের মন যেন চলে গেল সেই সুদূর আফ্রিকার কেনিয়াতে। কুসংস্কার, অন্ধবিশ্বাস, ক্রিকেট ম্যাচ আর ব্ল্যাক ম্যাজিক।

যেতে তো ইচ্ছে করছে রজতের কিন্তু কিছু বিষয় তাকে ভাবতে হচ্ছে। প্রিমিয়ার লীগ শেষ হয়ে গেছে আর তাতে রজতের পারফরম্যান্সও ভালো না। রন্জী ট্রফি শুরু হতেও বেশ দেরী। যেতেই পারে রজত কেনিয়া কিন্তু তারও তো খরচ আছে একটা।

রজতের মন যতোই দোলাচলে থাকুক দুদিন পরে টিকাওএর সাথে তার সাক্ষাৎ তাকে কেনিয়ার পথে পা বাড়াতে বাধ্য করল।

দুইদিন পরের ঘটনা। ইডেন থেকে বাংলা দলের একটা মিটিং অ্যাটেন্ড করে নিজের ফ্ল্যাটে ফেরে রজত। লিফট থেকে বেরিয়ে ফ্ল্যাটের সামনে আসতেই দেখে যে টিকাও ফ্ল্যাটের দরজার বাইরে অস্থির ভাবে পায়চারি করছে। রজতকে দেখেই উত্তেজিত হয়ে ওঠে সে।

- কি ব্যাপার বোয়ানা। কোথায় ছিলে তুমি। লাস্ট ওয়ান আওয়ার আমি এখানে ছটফট করছি। কতবার ফোন করেছি তোমায় বাট সুইচড অফ।

রজত ভুলেই গেছিল যে মিটিং এর সময় সে ফোনটা বন্ধ করেছিল কিন্তু তারপর অন করতে ভুলে গেছে। ফ্ল্যাটের দরজা খুলে সে বলে- সরি টিকাও। ফোনটা অফ ছিল। বাট তোমার কি হয়েছে? এত এক্সাইটেড কেন? এস ভিতরে এস।

রজতের সাথে ফ্ল্যাটের ভিতরে আসে টিকাও। রজত তাকে বসতে বলে টয়লেটে যায়। ফ্রেস হয়ে এসে দ্যাখে যে টিকাও ঘরে ক্রমাগত পায়চারি করছে আর হাতের আঙুলগুলো মটকাচ্ছে। পরিস্কার বোঝা যায় যে কোন কিছু নিয়ে সে ভীষন উত্তেজিত। রজতকে দেখেই টিকাও তার কাছে আসে এবং রজতের হাতদুটো ধরে বলে- রজত, প্লিজ তুমি আমার সাথে কেনিয়া চলো। তুমি না গেলে আমি ভীষন বিপদে পড়ে যাব।

রজত- তুমি অস্থির হচ্ছো কেন টিকাও? কি হয়েছে আমায় বলো।

টিকাও- সেদিন তোমার কাছ থেকে যাবার পর আমি দেশে ফোন করেছিলাম। আমাদের ম্যাচ নিয়ে ক্যাপ্টেনের সাথে কথা হলো। জানো বোয়ানা উনি খুবই হতাশ হয়ে পড়েছেন।

রজত- কেন? খেলা হবার আগেই উনি হতাশ হয়ে পড়েছেন কেন?

টিকাও- কারন আমাদের ওঝা যজ্ঞ করে বলেছে যে এবারেও মেরুদের প্রতি গ্রহ নক্ষত্ররা নাকি কৃপাদৃষ্টি দেবে আর তার ফলে ম্যাচেও ওরা জিতবে।

রজত- শুধুমাত্র ওঝার কথায় তোমরা এত হতাশ হচ্ছো কেন? খেলা তো হবে মাঠে।

টিকাও- তুমি বুঝতে পারছো না বোয়ানা। আমাদের ওখানে ওঝাদের দাপট অনেক। সবাই ওদের মান্য করে। ওনার কথায় সবাই খেলার আগেই হতাশ হয়ে পড়ছে। এখন একমাত্র তুমিই আমাদের হেল্প করতে পারো।

এবার একটু অবাক হয় রজত। সে হেল্প করতে পারে টিকাওদের! কিন্তু কিভাবে?

রজতের সব প্রশ্নের জবাব দেয় টিকাও। তার কথা থেকে জানা যায় যে এই ম্যাচ নিয়ে তাদের ওঝা হতাশার পাশাপাশি একটা আশার বানীও শুনিয়েছেন আর সেটা হলো তাদের দেশের উত্তর -পূর্বে কোন দেশ থেকে কোন বিদেশী এসে যদি তাদের সাথে যোগদান করে এবং ওই ম্যাচে অংশগ্রহণ করে তাহলে সেই বিদেশী মেরুর ওঝাদের করা ব্ল্যাক ম্যাজিক সামলাতে পারবে। অবশ্য শুধু সামলাতে পারবে নয়,সেই ম্যাজিক অকেজো করে চুকার অধিবাসীদের বহু প্রতীক্ষিত জয় এনে দিতে পারবে। আর এই কথা শোনার পর টিকাও এর ধারনা হয়েছে যে সেই বিদেশী বন্ধু হলো রজত।

টিকাও এর মুখে পুরো কথা শুনে হো হো করে হেসে ওঠে রজত।

- তোমার কি মাথা খারাপ হয়ে গেছে টিকাও? তুমিও এইসব বিশ্বাস করছো? আর যদি সত্যিই হয় তাহলেও সেই বিদেশী আমি সেটা তুমি বুঝলে কি করে?

টিকাও গম্ভীর মুখে জবাব দেয়- আমি এমনি এমনি তোমার কাছে ছুটে আসিনি বোয়ানা। আমাদের ওঝা আরও দুটো শর্তের কথা বলেছে। এক নম্বর যে সেই বিদেশীকে ক্রিকেট খেলা জানতে হবে আর দুই নম্বর হলো যে সে এমন কেউ হবে যার আগে অশরীরী শক্তির সাথে পরিচয় হয়েছে। যদি ম্যাপ বিচার করা হয় তাহলে উত্তর - পূর্ব দিকে ইন্ডিয়া আর তুমি আমার ইন্ডিয়ান ফ্রেন্ড মানে বিদেশী বন্ধু। ক্রিকেট খেলাটা তুমি ভালোই জানো সেটা আমি দেখেছি। আর...

টিকাওএর অর্ধসমাপ্ত কথার খেই ধরে রজত বলে- আর?

নিজের চেয়ার থেকে উঠে রজতের কাছে এগিয়ে আসে টিকাও। সামনে এসে হাঁটুদুটো মুড়ে বসে রজতের হাতদুটো ধরে বলে- আর অশরীরী শক্তির সাথে তোমার তো আগেই সাক্ষাৎ হয়েছে বোয়ানা। সেটা স্বপ্ন হোক বা দুঃস্বপ্ন।

চমকে ওঠে রজত। টিকাও কি করে জানল সেই ঘটনা। মাথায় বলের আঘাত লেগে তিনদিনের জন্য অচেতন কোমায় চলে যাওয়া রজতের অবচেতন মন এক অলৌকিক অশরীরী জগতে এক দুর্ধর্ষ ক্রিকেট ম্যাচের সাক্ষী হয়েছিল সেই কথা তো রজত ছাড়া কেউ জানে না। রজতের অপ্রস্তুত মুখের দিকে তাকিয়ে হেসে ফেলল টিকাও।

- কি করে জানলাম ভাবছো বোয়ানা? একদিন তোমার ঘরে তুমি আমায় বসিয়ে স্নান করতে গেছিলে আর আমি তখন তোমার বুকসেল্ফ ঘাঁটতে গিয়ে একটা বই পাই যেটার লাস্ট পাতায় লেখা ছিল " কনগ্রাজুলেশন রজত রায়

ফর ইয়োর ব্রিলিয়ান্ট ১৭৫ নট আউট এগেনস্ট ডন'স অস্ট্রেলিয়া।
ফ্রম দ্য হোল টিম মেম্বারস অফ ডেড ইলেভেন।"
আর বইটার নাম ছিল " কার্ডস অন ক্রিকেট।"
আজ সকালে এই কথাগুলো মনে পড়তেই আমি নিশ্চিত হই যে ইউ আর দ্য ম্যান যে আমাদের হেল্প করবে। নাউ টেল মি আমি কি কিছু ভুল বললাম?
মাথা নীচু করে বসে ছিল রজত। এবার উঠে জানলার কাছে গিয়ে দাঁড়ায়। নীচে রাস্তায় অবিরাম চলা গাড়ি আর লোকজনের মিছিলের দিকে তাকিয়ে থাকে কিছুক্ষন। তারপর যখন কথা বলে তখন যথেষ্ট ভারী শোনায় রজতের গলা।

- কিছুটা হয়তো তুমি ঠিকই আন্দাজ করেছো। ওই ঘটনা আমার কাছে সত্যি না স্বপ্ন আমি আজও বুঝে উঠতে পারিনি। পরে তোমাকে আমি বলব সেই ঘটনা।

তারপর টিকাও-এর দিকে ঘুরে দাঁড়ায় রজত।

- আমি যাব টিকাও। যাব আমি তোমার সাথে আর একটা ম্যাচের সাক্ষী হতে যে ম্যাচটা শুধু মাঠে খেলা হয় না, হয় মাঠের বাইরেও। দেখব আমি টিকাও যে মাঠে থাকা ২২ জন খেলোয়াড়ের ভাগ্য কিভাবে নিয়ন্ত্রন করে ব্ল্যাক ম্যাজিক। যাব আমি।

দৌড়ে এসে রজতকে জড়িয়ে ধরে টিকাও। তার চোখ তখন আনন্দাশ্রুতে চিকচিক করছে।

- আমি জানতাম বোয়ানা যে তুমি যাবে। দেখবে এবারে চুকা আবার জিতবে ৫ বছর বাদে। আবার জিতবে।

আমরা আবার ফিরে আসি চুকার হোটেলের ঘরে যেখানে রজতের অধীর অপেক্ষার অবসান ঘটিয়ে টিকাও-এর আর্বিভাব হয়। অবশ্য টিকাও একা আসেনি। সাথে এসেছে তাদের ক্রিকেট টীমের ক্যাপ্টেন জন ওদোয়ো এবং খুব বিশ্বস্ত ওঝা বেন্জামিন ওসোলো। রজতের সাথে দুজনের পরিচয় করিয়ে দিয়ে একগাল হেসে টিকাও বলে- আমার উপর তুমি বেশ রেগে গিয়েছ বোয়ানা তাই না?

রজত- না না রাগব কেন?

টিকাও- তোমার মুখ দেখেই আমি বুঝতে পারছি। কিন্তু বিশ্বাস করো আমি ইচ্ছা করে দেরী করিনি। মিঃ ওদোয়ো আর মিঃ ওসোলোকে একসাথে নিয়ে আসার জন্যই দেরী হলো।

রজত- আসলে আমি এখানে খুব বোর হচ্ছিলাম। কাউকেই চিনি না। এলাকাটাও অপরিচিত। কতক্ষন আর হোটেলের ঘরে বন্দী থাকা যায়!

এবার কথা বললেন মিঃ ওসোলো।

- বন্দী হয়ে থাকার জন্য তো আপনাকে আনা হয়নি মিঃ রজত। আপনি তো এসেছেন আমাদের মুক্তি দিতে।

রজত বিস্মিত দৃষ্টি নিয়ে তাকায় একবার ওসোলোর দিকে আর একবার টিকাওএর দিকে তাকায়। তার অপ্রস্তুত দৃষ্টি দেখে ঘর কাঁপিয়ে হেসে উঠলেন ওসোলো।

- হাঃ হাঃ হাঃ হাঃ...বুঝতে পারলেন না তো সাহিবা। আমার কথার মর্মার্থ হলো যে আপনি এসেছেন আমাদের ৫ বছরের ক্রমাগত হারের যন্ত্রনা থেকে মুক্তি দিতে।

ওসোলোর কথার খেই ধরে টীম ক্যাপ্টেন ওদোয়ো বলে ওঠেন- ইয়েস বোয়ানা। ওসোলোর বিধান শোনার পরে যখন আমরা সবাই খুব মুষড়ে পড়েছিলাম তখন টিকাওএর মুখে তোমার কথা শুনে আমাদের মধ্যে আবার নতুন উৎসাহ দেখা দিয়েছে। এখন তোমাকে দেখার পর আমি একটা বিষয়ে নিশ্চিত।

রজত- কি বলুন তো?

ওদোয়ো - টিকাও তোমাকে এখানে এনে কোন ভুল করেনি।

রজত তাড়াতাড়ি বলে ওঠে - আরে না না। আমি কোন ভগবান নই বা অলৌকিক ক্ষমতার অধিকারী নই। আমি একজন সামান্য ক্রিকেটার। আপনাদের দলের অন্য ক্রিকেটারদের মতোই।

এবার এগিয়ে আসে ওসোলো। রজতের সামনে এসে তার দুই কাঁধে হাত রেখে বলে- তুমি সাধারণ নও মিঃ। যে কাজ এই চুকার কোন ক্রিকেটারের করার ক্ষমতা নেই সেটা তোমার আছে কারন এখানে খেলাটা শুধু মাঠে হয় না,মাঠের বাইরেও হয়।

এরপর ওসোলো ও ওদোয়ো পুরো ব্যাপারটা ব্যাখা করে রজতের কাছে। মেরুর ওঝারা এই ম্যাচের সময় তাদের বিশেষ কালো জাদু প্রয়োগ করে। এই প্রয়োগটা হয় কোন বস্তু যেমন ব্যাট বা বলের উপর। যে বস্তুর উপর এই জাদু প্রয়োগ করা হবে সেই বস্তুর ভিতর এক ভীষন শক্তির উন্মেষ ঘটবে যার ফলে সে আর কোন সাধারণ ব্যাট বা বল থাকবে না। তখন সেই বস্তু নিয়ন্ত্রনকারীর ইচ্ছামতো আচরন করবে। ফলে ম্যাচের ফলাফল নির্ধারনে সেটা সবচেয়ে বেশী ভূমিকা পালন করবে। ভালো জায়গায় থাকা কোন টীম

সেই জাদু অধিষ্ঠিত বল বা ব্যাটের প্রভাবে ম্যাচ হেরেও যেতে পারে যেমন চুকা শেষ কয়েকবছর ধরে হারছে।

এবার একটু অধৈর্য্য হয়ে ওঠে রজত।

- কিন্তু আমি একটা জিনিস বুঝতে পারছি না মিঃ ওসোলো যে ওরা যদি অলৌকিক কোন কিছুর আশ্রয় নেয় তাহলে সেটাতো আপনারাও করতে পারেন। জাদুর পাল্টা জাদু করলেই তো ওরা জব্দ হয়ে যাবে।

টিকাও- সেই চেষ্টা কি আমরা করিনি রজত! ওদের ওঝা থাকলে আমাদেরও আছে। কিন্তু ..

রজত- কিন্তু কি টিকাও?

মাথা নীচু করে চুপ করে থাকে টিকাও। এবার মুখ খোলেন ক্যাপ্টেন ওদোয়ো।

- মিঃ রজত,টিকাও আপনাকে একটা ঘটনার কথা বলেনি কিন্তু আমার মনে হয় সেটা না জানলে আপনার এই কিনিয়া সফর অসম্পূর্ণ থেকে যাবে। আমি আপনাকে সেই ঘটনা বলছি।

আজ থেকে ৫ বছর আগে এই ক্রিকেট ম্যাচেই ঘটেছিল এক মর্মান্তিক দূর্ঘটনা। ম্যাচের আগে চুকা দলের ওঝা কাগিস রাবাদা বিপক্ষের সেরা ব্যাটসম্যানের উপর কালো জাদু ভুডুর প্রয়োগ করেছিল। কিন্তু ফলাফল হয় মারাত্মক। অনিয়ন্ত্রিত জাদুর প্রয়োগে সেই তরুন ব্যাটসম্যান মাঠে রক্তবমি করতে করতে মারা যায়। যারা ভুডুর কথা জানে তারা এটাও জানে যে কি মারাত্মক জাদু সেটি। যার উপর প্রয়োগ করা হয় তার আদলে একটি ছোট পুতুল বানিয়ে তাতে সূচ বিঁধিয়ে ইচ্ছেমতো নিয়ন্ত্রন করা যায়। এই ঘটনার পর চান্চল্যের সৃষ্টি হয় সমগ্র এলাকায়। নামে শহর হলেও চুকায় গ্রামীন আইন বা আচার আচরন মেনে চলা হয়। সালিশি সভা বসে এবং সেই ওঝাকে খুনের অভিযোগে পুলিশের হাতে তুলে দেওয়া হয়। তারপর সালিশি সভায় এই সিদ্ধান্ত নেওয়া হয় যে চুকা এই ম্যাচে ভবিষ্যতে কোনরকম ব্ল্যাক ম্যাজিকের আশ্রয় নিতে পারবে না। যদি তারা ব্ল্যাক ম্যাজিক করে আর তাতে কারও অনিষ্ট হয় তাহলে চুকাকে সরকারি সব সুযোগসুবিধা থেকে বঞ্চিত করা হবে এবং এই ম্যাচ ও চিরকালের জন্য বন্ধ হয়ে যাবে। তারপর থেকে হয়েছে ঠিক উল্টো। মেরু এরপর থেকে প্রত্যেকবার এই ম্যাচে ব্ল্যাক ম্যাজিকের আশ্রয় নিয়ে এসেছে এবং জিতে এসেছে। তফাত এই যে তারা কোন ব্যক্তি নয় বস্তুর উপর কালো জাদু প্রয়োগ করেছে।

পুরো ঘটনা রজতের কাছে ব্যাখ্যা করার পর ওদোয়ো বলল- মিঃ রজত,এটা শোনার পরে হয়তো আপনার মনে প্রশ্ন আসতে পারে যে আমরা সুদূর ইন্ডিয়া থেকে এই ম্যাচের জন্য আপনাকে নিয়ে এলাম কেন অর্থাৎ আপনার ভূমিকা কি?

ওঝা ওসোলোর গমগমে কন্ঠস্বর এবার হোটেল রুমে ছড়িয়ে পড়ল।

- টিকাও এর কাছে নিশ্চয় শুনেছেন আপনাকে নির্বাচনের কারন। আমরা নিজেদের মধ্যে ব্ল্যাক ম্যাজিক প্রর্দশন করতে পারবো না কারন কোন না কোনভাবে সেটা লিক আউট হয়ে বিপক্ষের কানে পৌঁছে যাবে কিন্তু আপনার উপর করলে সেই সম্ভাবনা নেই।

এবার রীতিমতো উত্তেজিত হয়ে ওঠে রজত।

- তারমানে সেই ইন্ডিয়া থেকে আমায় এখানে আনা হয়েছে আপনাদের এই ম্যাচে বলি দেবার জন্য।

টিকাও- না না বোয়ানা। ভুল বুঝছ তুমি। তোমার কোন ক্ষতি কি আমরা করতে পারি?মিঃ ওসোলো তোমায় সবটা বুঝিয়ে দেবেন।

রজত- কি বুঝিয়ে দেবেন উনি? আমি কিছুই বুঝতে চাই না। আমি শুধু একটা কথাই বলতে চাই যে তোমাদের এই ব্ল্যাক ম্যাজিকের চক্করে আমার পিতৃদত্ত প্রান আমি খোয়াতে পারব না।

ওসোলো- শান্ত হও রজত। শান্ত হও। আমরা তোমার কোন ক্ষতি করতে পারব না। যাও তোমার ব্যাগ থেকে তোমার অস্ত্রটা বের করো।

প্রথমে ওসোলোর কথাটা রজতের বোধগম্য না হলেও পরমুহূর্তেই বুঝতে পারে সে। ব্যাগ থেকে নিজের ব্যাটটা বের করে ওসোলোর সামনে ধরে বলে- এটার কথাই বলছিলেন তো?

একগাল হাসিতে সারা মুখ ভরিয়ে ওসোলো ব্যাটটা রজতের হাত থেকে নেয়। পরম মমতায় সেটার সারা গায় হাত বুলিয়ে দেয়। তারপর ব্যাটটা কানের কাছে এনে ফিসফিস করে কথা বলতে লাগল যেন কোন গোপন মন্ত্রনা চলছে। তার ভাবভঙ্গি দেখে অবাক হলো রজত। রজতের বিস্ময় কাটিয়ে ওদোয়ো বলে উঠল - এবার নিশ্চয় বুঝতে পারছো রজত যে ব্ল্যাক ম্যাজিক তোমার উপর প্রয়োগ করা হবে না। হবে তোমার ব্যাটের উপর।

রজত- কিন্তু কি জাদু হবে ব্যাটের উপর?

ঠোঁটের উপর আঙুল রেখে রজতকে চুপ করতে ইশারা করলেন ওসোলো। এগিয়ে এলেন রজতের কাছে। হিসহিস করে বললেন- পারবে পারবে। তোমার অস্ত্র আমাদের জবাব হয়ে আছড়ে পড়বে মেরুর

বুকে। তারপর হঠাৎ করে সারা ঘরে পায়চারি করতে করতে ঘরের মাঝখানে এসে স্থির হয়ে দাঁড়ালেন তিনি। জলদগম্ভীর স্বরে ভেসে এল তার পরের কথাগুলো।

- সব শক্তিকে আহ্বান করারই কিছু পদ্ধতি আছে। কিছু নিয়ম আছে। কালো জাদুরও আছে।

ঘুরে দাঁড়ালেন রজতের দিকে। চোখটা ঘুরে গেল ক্যাপ্টেনের দিকে। ওসোলোর ইশারা অনুধাবন করে গলাটা খাঁকড়িয়ে নিয়ে ক্যাপ্টেন বলল- ইয়ে মিঃ রজত,এই ব্ল্যাক ম্যাজিক কার্যকর করার জন্য কিছু রিচুয়ালস মেনে চলতে হয়। সেই রিচুয়ালস সম্পূর্ণ হলে তোমার অস্ত্র মানে ব্যাট হয়ে উঠবে অপরাজেয়। যে কোন আনপ্লেয়েবল ডেলিভারিও সেটা অনায়াসে মোকাবিলা করতে পারে। কিন্তু সেটার জন্য প্রয়োজন তোমার একটু আত্মত্যাগ।

রজত- কি ধরনের আত্মত্যাগ ক্যাপ্টেন?

জবাব দেয় ওসোলো- সামান্য খুব সামান্য রক্ত দরকার তোমার অস্ত্রের। শুদ্ধ হবে তাহলে অস্ত্রটি।

রজত একটু হেসে বলে- তা কত সামান্য রক্ত দরকার ওঝামশাই। ব্লাড টেস্টে যেরকম লাগে সেইরকম নাকি ব্লাড ডোনেশানে যেরকম দিতে হয় সেই রকম। কোনটা?

ওসোলো- ওয়েল মিঃ রজত,ব্যাপারটা সেরকম জটিল কিছু নয়। আসলে তোমার রক্ত দিয়ে ব্যাটটা ধুতে হবে। তবে তুমি ভয় পেয়ো না সাহিবা। আমাদের জড়িবুটির চিকিৎসা তোমার ক্ষত নিমিষেই ঠিক করে দেবে।

ওসোলোর এই কথার পরে কিছুক্ষন সবাই নিশ্চুপ হয়ে রইলো। নীরবতা ভঙ্গ করে রজতই কথা বলল- মিঃ ওসোলো,সবই বুঝলাম আমি। কিন্তু ওরাও তো কালো জাদু করবে আর সেটা কি ধরনের জাদু আর আমরা কি ভাবে সামলাবো সেটা তো ঠিক...

রজতকে মাঝপথে থামিয়ে ওদোয়ো বলে উঠল- এখনও বুঝতে পারলে না রজত! ওরা ব্ল্যাক ম্যাজিক প্রয়োগ করবে বলের উপর সেটার খবর আমরা গুপ্তসূত্রে জেনে গেছি। তার জন্যই তো তোমার ব্যাটের উপর আমাদের জাদু প্রয়োগ করা হবে।

এইবার যেন কিছুটা ধোঁয়াশা পরিস্কার হলো রজতের কাছে। কিন্তু এইবার কি করবে সে! একটু যেন দোটানায় সে। এদের এই প্রস্তাব সেকি মেনে

নিয়ে খেলবে এই ম্যাচ? অংশ নেবে ব্ল্যাক ম্যাজিকের এই ভয়াল খেলায়? যদি সেই তরুন খেলোয়ারের মতো তারও জীবন সংশয় হয়! হঠাৎ যেন তার কানে দূর থেকে ভেসে এল এক প্রবীনের কন্ঠস্বর- " ক্রিকেট আমাদের রক্তে। ক্রিকেট আমাদের জীবন। যদি মৃত্যুও হয় তাহলে হয় যেন ক্রিকেট মাঠে। মরনও হবে তাহলে সার্থক।" স্বপ্নে শোনা নেভিল কার্ডসের কথাগুলো মনে পড়তেই রজত এক লহমায় সিদ্ধান্ত নিয়ে নিল। হ্যাঁ, খেলবে সে এই ম্যাচে।

২৩ শে জুন,২০১৮...রজত রায়ের ডায়রীতে এই দিনটা স্টারমার্ক দিয়ে লেখা থাকবে। হয়তো এরপরে আরও অনেক অবিস্মরণীয় ঘটনার সাক্ষী হবে সে কিন্তু এই দিনটায় ঘটে যাওয়া ক্রিকেট ম্যাচে তার অলৌকিক অভিজ্ঞতা আর কখনও হবে কিনা সন্দেহ।

নাইরোবি জিমখানার মাঠে সকাল থেকেই উপচে পড়া ভীড়। চুকা ইলেভেন আর মেরু ইলেভেনের বার্ষিক ক্রিকেট ম্যাচ দেখতে দুই অঞ্চলের বেশীরভাগ লোকই মাঠে জড়ো হয়েছে। খেলার আবহ ছাপিয়ে রীতিমতো উৎসবের আবহ সেখানে। গ্যালারীর জায়গায় জায়গায় পানাহারে মেতে উঠেছে দুই অঞ্চলের অধিবাসীরা। এমনকি কি মাঠের বাইরে নিজের নিজের দলের জেতার প্রার্থনায় বসেছে যজ্ঞের আসর। ঢাক ঢোল শিঙা বাজছে মাঠের চারিধারে। এই রকম আবহে মাঠের সাইডলাইনে নিজেদের তাবুতে প্রবেশ করলেন চুকার খেলোয়াড়েরা। সবার পিছনে ক্যাপ্টেন ওদোয়ো ও রজত রায়। একটু পরে টস অনুষ্ঠিত হবে। রজত এগিয়ে একটা চেয়ারে বসল। শরীরটা এখনও একটু দুর্বল লাগছে। ব্ল্যাক ম্যাজিকের ভয়ংকর রিচুয়ালস মানতে হয়েছে তাকে। বাহুতে করা হয়েছে গভীর ক্ষত। সেই ক্ষত থেকে হয়েছে অনেক রক্তক্ষরণ। সেই রক্তে ধোয়া হয়েছে তার ব্যাট যেটা এখন রজতের পাশে রাখা। ধোয়ার পড়ে ওঝা ওসোলো সেটিকে মন্ত্রশক্তিতে শুদ্ধ করেছেন। তারপর সেটি তুলে দেওয়া হয়েছে রজতের হাতে। এই ব্যাট এখন অলৌকিকতা দেখানোর জন্য প্রস্তুত। তবে রজতের মনে ঘোরতর সন্দেহ আছে যে এদের এই রিচুয়ালস আদৌ কাজ করবে কিনা! অনেকটা রক্তপাত হবার পরে ওসোলো ও তার অনুচরেরা অবশ্য তাদের স্থানীয় চিকিৎসা পদ্ধতি অবলম্বন করে রজতের চিকিৎসা করে আর তাতে সত্যি সত্যিই কিছুক্ষনের মধ্যেই রজতের রক্তপাত বন্ধ হয়। ব্যাথা এখনও কিছুটা আছে যদিও তবুও সেটা রজত সামলিয়ে নেবে। সে এখন ভাবছে বিপক্ষ শিবিরের কথা। তারা যখন বল করবে তখন কিরকম আচরণ করবে সেই বল! অস্বাভাবিক কিছু হলে তো আম্পায়াররাই বাধা দেবে। তাহলে! নাঃ

এখন আর ভাববে না রজত। দেখাই যাক কি হয়।

টসে হারল চুকা ইলেভেন। টসে জিতে মেরু একাদশ প্রথমে ব্যাট করার সিদ্ধান্ত নিল। ৫০ ওভারের ম্যাচ। মাঠে নামার আগে ক্যাপ্টেন ওদোয়ো সবাইকে নিয়ে টীম হার্ডলে বিপক্ষকে যতকম রানে আটকে রাখা যায় সেই শপথ নিলেন। বাকি দশজনের সাথে রজতও নামল মাঠে। শুরু হলো ম্যাচ।

মেরুর ব্যাটসম্যানদের ব্যাটিং দেখে রজত এটাই বুঝতে পারলো যে ওদের উদ্দেশ্য একটা বড়ো রানের পাহাড় গড়ে চুকা ইলেভেনের উপর চাপিয়ে দেওয়া আর তারপর কালো জাদু পুষ্ট লাল বল নিয়ে প্রতিপক্ষের উপর ঝাঁপিয়ে পড়া। মেরুর ওপেনাররা মারমুখী ভঙ্গিতে শুরু করলেও চুকার বোলারদের বুদ্ধিদীপ্ত বোলিংয়ে ২০ ওভার পরে স্কোর দাঁড়ায় ৩ উইকেটে ১২৩ রান।

কিন্তু এরপর সব হিসাব উল্টে যেতে থাকে যখন মেরুর মিডল অর্ডার ব্যাটসম্যান ওসুমানু আরেক মেরুসঙ্গী আদেবায়ো কে নিয়ে মেরু ইনিংসকে দৃঢ়তা প্রদান করতে থাকে। বিশেষ করে ওসুমানুর ইনিংস রজতের মনে দাগ কেটে যায়। নো ডাউট ওসুমানু ট্যালেন্টেড আবার রজতের মনে এই ভাবনাও আসে এটাও ব্ল্যাক ম্যাজিকের এফেক্ট নয় তো! যাইহোক শেষ পর্যন্ত ৫০ ওভারে মেরু সংগ্রহ করে ৮ উইকেটে ৩২৩ রান। ওসুমানু করলো ১২৫ রান। রজত যদিও দুওভার বল ও করেছে কিন্তু ২০ রান দিয়ে কোন উইকেট পায়নি। বিরতিতে ড্রেসিংরুমে বসে ক্যাপ্টেন ওদোয়ো বলল- ওকে বয়েস। লেটস ফরগেট দ্য বোলিং পার্ট। নাউ ইটস আওয়ার টাইম ফর ব্যাটিং। লেটস শো দেম আওয়ার স্ট্রেন্থ। চলো ওদের দেখিয়ে দি যে আজ আমরা জিততেই এসেছি।

এরপর ওদোয়ো রজতের কাছে এসে নরম গলায় বলল- ফ্রেন্ড,তোমার উপর আমাদের অনেক ভরসা। ভগবান ও আজ তোমার সাথেই থাকবেন। ক্রিজে নামার জন্য নিজেকে তৈরী রাখো রজত।

কোন কথা বলে না রজত রায়। চুপচাপ গিয়ে একটা চেয়ার নিয়ে বসে মাঠের ধারে তেরী করা চুকার খেলেয়ারদের শামিয়ানার নীচে। বিরতির পর শুরু হয় চুকার ইনিংস। শুরুটা মন্দ হয়নি যদিও। প্রথম ১০ ওভারে উঠল ৫২ রান বিনা উইকেটে। কিন্তু একটা জিনিস খেয়াল করলো রজত আর সেটা হলো মেরুর খেলোয়াড়দের গা ছাড়া হাবভাব যেন ম্যাচটা তারা জিতবেই আর চুকার দুই ওপেনারের ভীত শঙ্কিত ভাবটাও রজতের দৃষ্টি এড়ালো না।

কিন্তু একটু পড়েই শুরু হলো অঘটন। দুওভারের ব্যাবধানে চুকার দুই ওপেনাররাই ফিরলেন প্যাভিলিয়নে। প্যাড পড়ে গ্লাভস নিয়ে রেডি হয়ে

বসলো রজত। আর একটা উইকেট পড়লেই তার পালা। বুকের ভিতর সেই চেনা ধুকপুকানিটা আবার শুরু হয়েছে তার। বেশীক্ষন অবশ্য অপেক্ষা করতে হলো না। আউট হয়ে ফিরছে টিকাও আর ব্যাট হাতে মাঠে নামছে রজত রায়। চুকার স্কোর ১৫ ওভারে ৩ উইকেটে ৭৫। ক্রিজের কাছে যেতে যেতে দুটো জিনিস মাথায় ঘুরছিল রজতের। এক নম্বর হলো বল। বাইরে বসে সে লক্ষ্য করেছে যে বলের মুভমেন্টে যথেষ্ট পরিবর্তন হয়েছে। প্রয়োজনের তুলনায় অনেক বেশী সুইং ও স্পিন করছে বল। তার মানে কি ওদের ব্ল্যাক ম্যাজিক কাজ করতে শুরু করেছে! আর দ্বিতীয় হলো ওসোলোর তাকে বলা একটা কথা যে মাঠে ব্যাট হাতে নামার পর আধঘণ্টা রজতের ব্যাট কালো জাদুর প্রভাবে থাকবে। অর্থাৎ তাকে যা করার ৩০ মিনিটের ভিতর করতে হবে।

ক্রিজে এসে প্রথম যে বলটা রজত ফেস করল সেটা গুডলেন্থ স্পট থেকে আচমকা লাফিয়ে উঠল। রজত শেষ মুহূর্তে মাথাটা সরিয়ে নেয়। ব্যাট দিয়ে পিচটা নিরিক্ষন করে সে। একদম ফ্ল্যাট উইকেট। ওইভাবে লাফিয়ে ওটার মতো কোন স্পট উইকেটে নেই। মনে মনে ঠিক করে নেয় সে যে ব্ল্যাক ম্যাজিক দিয়েই ব্ল্যাক ম্যাজিককে শেষ করবে সে। তার রক্তপাত বৃথা যাবে না। এরপর যখনই রজত স্ট্রাইক পেল তখনই ঘটলো ব্যাট আর বলের মধুর সংঘর্ষের কড়াক আওয়াজ। রান বাড়তে লাগলো দ্রুত। মেরুর আত্মবিশ্বাসী খেলোয়াড়েরা একটু ঘাবড়ে গেল। তারা চেষ্টা করতে লাগলো রজতকে অফ স্ট্রাইকে রাখার। কিছুটা তারা সফলও হতে লাগল কারন রজতের পার্টনার সেভাবে স্ট্রাইক রোটেট করতে পারছিল না। এদিকে রজত প্রমাদ গুনল। ৩০ মিনিট প্রায় অতিক্রান্ত হতে চলেছে। ৭ ওভার এর মধ্যে হয়েছে আর তাতে রান হয়েছে ৭০। যার মধ্যে রজতেরই সংগ্রহ ৬২ রান। চুকার মোট রান ২৩ ওভারে ১৪৫ /৩। পরবর্তী ওভার শুরু হবার আগে রজত তার পার্টনারকে বলল- ফার্স্ট বল যেভাবে হোক ঠেকিয়ে আমায় স্ট্রাইক দাও। আমি দেখছি।

পরের ওভারের প্রথম বলেই ব্যাটে বল ঠেকিয়ে দৌড়ালো ব্যাটসম্যান। রজতও দৌড়ালো স্ট্রাইকিং এন্ডের দিকে। কিন্তু তাড়াহুড়ায় দুজনের হলো মুখোমুখি সংঘর্ষ। চরম উত্তেজনায় কোলাহল মুখরিত মাঠ হঠাৎ স্তব্ধ হয়ে দেখল যে চুকার ব্যাটসম্যান উঠে দাঁড়ালেও রজত রায় উঠছে না। কি হলো তার? সংঘর্ষের তীব্রতায় জ্ঞান হারিয়েছে রজত। মাঠে ঢোকা স্ট্রেচার যখন রজতকে মাঠ থেকে বার করে নিয়ে যাচ্ছে ড্রেসিংরুমের দিকে তখন স্কোরবোর্ডে তার নামের পাশে লেখা রজত রায় আহত অবসৃত

৬২। রজতকে মাঠের বাইরে নিয়ে যেতে দেখেই দর্শকাসন থেকে আর একজন উঠে দ্রুত চললেন ড্রেসিংরুমের দিকে। তিনি আর কেউ নয়,ওঝা ওসোলো।

ম্যাচ অবশ্য থেমে নেই। কিন্তু যতই এগিয়ে চলেছে ততই যেন ভাগ্যের লিখন স্পষ্ট হয়ে উঠছে। আবার সম্ভবত হারতে চলেছে চুকা। চুকার ব্যাটসম্যানদের কাছে ওই বল তখন আর শুধু বল নেই। মূর্তিমান আতঙ্ক হয়ে দাঁড়িয়েছে। কালো জাদুর মদতপুষ্ট ওই লাল আগুনের গোলা আছড়ে পড়ছে চুকার প্লেয়ারদের উপর। নর্মাল পিচে কোন বল নীচু হচ্ছে আবার কোন বল উঁচু। কোনটা একহাত স্পিন করছে আবার কোনটা দুরন্ত সুইংএ ব্যাটসম্যানকে বোকা বানাচ্ছে। আর এই কেরামতিতেই ধরাশায়ী হচ্ছে চুকার ব্যাটসম্যানরা। রজতকে বাকি রেখে চুকার নয় নম্বর উইকেট যখন পড়ল তখন স্কোর ১৮০ রান ৩৯ ওভারে। রজত যদি আবার নামে তাহলে হয়তো চুকা আরও কিছুটা লড়বে নয়তো...

হঠাৎ মাঠের সমবেত দর্শকরা দেখল যে ব্যাট হাতে ধীর পদক্ষেপে মাঠে নামছেন রজত রায়। চুকার সমর্থকরা উল্লাসধ্বনি করে উঠল কারন আজ একমাত্র রজতের ব্যাটেই তারা দেখেছে বীরত্বের ছোঁয়া।

ক্রিজে আসার পরে শেষ ব্যাটসম্যানকে কিছু বলে স্টান্স নিল রজত। বোলার তৈরি হয়ে দৌড়াতে শুরু করল। তার মুখের হালকা হাসি বুঝিয়ে দিচ্ছে যে চোট পাওয়া রজতকে সে ধর্তব্যের মধ্যেই আনছে না। বলটা পড়ল একটু শর্ট অব লেন্থে। পড়ে সাপের ছোবলের মতো ফোঁস করার আগেই তার উপর পড়ল রজতের ব্যাটের প্রহার। কড়াক! আওয়াজটাতেই মাঠের দর্শকরা বুঝল যে আম্পায়ারের দুই হাত তোলার সময় হয়েছে।

এরপর নাইরোবি জিমখানা মাঠে যেন তারাবাজি প্রদর্শনী হলো। রজতের একের পর এক শট আছড়ে পড়ল গ্যালারীতে। ওভারের পঞ্চম বা শেষ বলে সিঙ্গেল নিয়ে নিজের পার্টনারকে বাঁচিয়ে রজত যখন জয়ের রানটা নিল তখন চুকার স্কোর ৯ উইকেটে ৩২৪ আর রজত রায় নট আউট ১৮৩,১৮ টি ছয় তার ইনিংসে।

চুকার সমস্ত খেলোয়াড়েরা, কর্মকর্তারা যখন রজতকে কাঁধে তুলে আনন্দ উৎসবে ব্যাস্ত তখন মাঠের একপাশে দাঁড়িয়ে মৃদু মৃদু হাসছিলেন ওঝা ওসোলো। পাশে দাঁড়িয়ে টিকাও।

- সত্যি মিঃ ওসোলো,আজ রজত দারুণ বুদ্ধির পরিচয় দিয়েছে। একবার মন্ত্রপূত করলে ৩০ মিনিটের বেশী ব্ল্যাক ম্যাজিক ব্যাটের উপর কাজ করবে না এটা জানার পর...

টিকাও কে থামিয়ে ওসোলো বলেন- এটা জানার পর ও যখন দেখল যে ৩০ মিনিট পেরিয়ে যাচ্ছে অথচ ওর কাজ শেষ হয়নি তখন ও ধাক্কা লেগে অজ্ঞান হবার ভান করলো। ড্রেসিংরুমে এসে আমায় বলল " নিন মিঃ ওসোলো,আবার আমার রক্ত নিন। ব্যাটকে মন্ত্রশুদ্ধি করুন। চুকাকে যে আজ জিততেই হবে।"

টিকাও ছলছল চোখে বলল- নিজের জীবনের ঝুঁকি ও আজ নিয়েছে। ঈশ্বরকে ধন্যবাদ দিন মিঃ ওসোলো।

ওসোলো- নিশ্চয়ই টিকাও। সেই সাথে এটা ভেবে খুব আনন্দ পাচ্ছি যে ব্ল্যাক ম্যাজিক ভালো কোন কাজে লাগাতে পারলাম।

(সমাপ্ত)

গল্প - ফাঁসের অন্তরালে

শিয়ালদহ থেকে কাঞ্চনকন্যা এক্সপ্রেস এ অভিরূপ যখন উঠল তখন চোখে তার একরাশ স্বপ্ন। চুঁয়াপাড়া টী এস্টেট এর ম্যানেজার হয়ে জলপাইগুড়ি যাচ্ছে অভি। সাথে নববিবাহিত স্ত্রী অন্তরা। নববিবাহিত মানে জাস্ট তিন মাস হলো তাদের বিয়ে হয়েছে। অভির এক দূর সম্পর্কের আত্মীয় শিলিগুড়ি থাকে। তার রেফারেন্স এই অভি এখানে জয়েন করছে। শিলিগুড়ির পর একে একে গুলমা, মালবাজার,হাসিমারা হয়ে হ্যামিলটন এ নামল অভি ও অন্তরা। সেখান থেকে কোম্পানির গাড়ীতে চা বাগান। যে বাংলোয় অভিরা থাকবে সত্যিই সেটার অপূর্ব শোভা। চারিদিকে চা বাগান দিয়ে ঘেরা,দূরে ভূটান এর পাহাড় শ্রেনী দৃশ্যমান। চোখ জুড়ানো এই দৃশ্য দেখে অভি অভিভূত। আর অন্তরা,সে তো ছেলেমানুষ এর মত আচরন করছে। মুক্ত প্রকৃতির কোলে সে যেন এক ডানাওয়ালা পরী যে আদিম অরণ্য ও পাহাড় এর মাঝে উড়ে বেড়াচ্ছে।

কয়েকদিনের ভিতর চা বাগান এ নিজের কাজ ভালমতোই বুঝে নিল অভি। অন্যদিকে অন্তরা আস্তে আস্তে গুছিয়ে নিল নিজেদের সংসার। যে বাংলোয় অভিরা রয়েছে সেটি কিছুদিন আগেই বানানো হয়েছে। আগে এই জায়গাটা ফাঁকাই ছিল। শুধু কিছু জংলী ঝোপঝাড় আর একটা আম গাছ ছিল। বাড়ীটায় কয়েকদিন থাকার পর অভির সবই ভালো লাগল কিন্তু কিছু জিনিস তার মনকে কিছুটা হলেও অস্থির করে রেখেছিল।

বাড়ীটায় সব মিলিয়ে তিনটে ঘর। একটা রুমকে অভিরা বেডরুম বানিয়েছে,একটা ড্রয়িং রুম আর একটা আপাতত ফাঁকাই আছে। অভি বা

অন্তরার বাড়ীর লোক এলে ওই রুমেই থাকবে।একটা খাট আর চারটে আসবাব ছাড়া ওই রুমটায় আর সেরকম কিছুই নেই কিন্তু এই রুম টা নিয়েই হয়েছে গন্ডগোল। সন্ধ্যার পর যখনই ওই রুমে অভি ঢুকেছে তখনই কেমন যেন গা টা ছমছম করে উঠেছে।কার যেন চাপা নিঃশ্বাস এর অনুভূতি হয়।আর রাতে মাঝে মাঝেই ওই রুম টা থেকে কিছু আওয়াজ কানে আসে।আসবাব নাড়াচাড়ার শব্দ, কারও হেঁটে বেড়ানোর শব্দ। অভি বেশ কয়েকবার রাতে উঠে ওই রুমে গিয়ে দেখেছে কিন্তু কিছু দেখতে পায়নি।অন্তরাও এগুলো টের পেয়ে অভি কে বলেছে কিন্তু অভি সেটা হেসেই উড়িয়ে দিয়েছে এই বলে যে পাহাড়ী শুনশান জায়গায় এরকম আওয়াজ শোনা যায়।ওটা কিছু নয়। অন্তরা কে এভাবে বোঝালেও অভির মন শান্ত হয়নি।সারাদিন সে অফিসে থাকে।পুরো বাড়ীতে অন্তরা একাই থাকে।যদিও একটা কাজের লোক আর একটা মালী আছে কিন্তু তারাও সন্ধ্যা হলে বাড়ী চলে যায়।অভি গোপনে মালী বুধুয়া ও কাজের লোক মিংমা কে জিগ্যেস করেছে কিন্তু দুজনেই কিছু বলতে পারেনি।যদিও কথাগুলো শোনার পর স্থানীয় আদিবাসী বুধুয়ার চোখে ভয়ের চিন্হ অভির দৃষ্টি এড়ায় নি।বুধুয়া বয়স্ক লোক।অভি ও অন্তরা কে সে যথেষ্ট স্নেহ করে এটা অভি বুঝতে পারে।শুধু অভির মুখে সব শোনার পর বুধুয়া বলেছে তাদের সামনে একটা পরব আছে।সেটা মিটে গেলে সে তাদের একজন পুরুত নিয়ে এসে বাড়ীতে একটা পূজো করিয়ে ঘরটাকে শোধন করে দেবে।অভির চিন্তা এরফলে পুরোপুরি দূর হয়নি।কিন্তু কাজের চাপে অতটা মনোযোগ ছিলনা।

এরমধ্যে বুধুয়া দের পরব এর সময় এসে পড়ল।চা বাগান এর বেশীর ভাগ লেবার ই ছিল আদিবাসী। পরবের আনন্দে তারা সবাই মশগুল।বুধুয়া বারবার তাদের পরব এর দিনে অভি ও অন্তরা কে যাবার জন্য অনুরোধ জানায়।অভির খুব একটা ইচ্ছে না থাকলেও অন্তরার উৎসাহে সে যেতে রাজী হয়।পরবের দিন একটু আগেই অভি অফিস থেকে চলে আসে।বাড়ী ঢুকে অন্তরা কে দেখে সে অবাক হয়ে যায়।এত সুন্দর করে সে সেজেছে যে অভি চোখ ফেরাতে পারেনা।আনন্দে পরিপূর্ণ মন নিয়ে দুজনে বুধুয়া দের গ্রামে পৌছায়।বুধুয়ারা দুজনকে দেখে ভীষন খুশী হয়।বাঙালী সাহেব মেমসাহেব যে সত্যি তাদের পরবে আসবেন সেটা তারা ভাবতে পারেনি।দুজনকে নিয়ে তারা আনন্দে মেতে ওঠে।সবচেয়ে আনন্দ পায় অন্তরা।ওদের সাথে সহজ ভাবে মিশে যায় সে।হয়ত ওদের সব কথা বুঝতে পারা যায় না,তবুও ভাঙা বাংলা ও হিন্দী তে কথা বলে ওরাও বোঝাতে চায় সব।

অনেক আনন্দ করে দুজনে বাড়ী ফেরার পথ ধরল।

বেশ রাত হয়ে যাওয়ায় বুধুয়া ওদের এগিয়ে দিতে চেয়েছিল। কিন্তু অভি মানা করে-আমরা নিজেরা চলে যাব। চমৎকার জোস্নার আলোয় কোন প্রবলেম নেই।

রাস্তা দিয়ে হাঁটতে হাঁটতে অভি বারবার অন্তরার দিকে দেখছিল। অন্তরা বলে- এ্যাই কি দেখছ বারবার! অভি- এই আদিবাসীদের স্টাইল এ শাড়ী তোমায় কে পড়ালো?অন্তরা-আরে বুধুয়ার বোন আছে দেখলে না,ওই মালা,ওই পড়ালো।

অভি- যেই পড়াক খুব সুন্দর লাগছে তোমায়।

অন্তরা- থাক,আর বলতে হবেনা। এটা কি হারিয়া খাওয়ার রিঅ্যাকশন?

অভি- বাঃ,হারিয়া তো তুমিও খেয়েছ।

মিষ্টি করে হেসে ওঠে অন্তরা। কথা বলতে বলতে দুজন বাড়ীর সামনে চলে আসে।

ভেতরে ঢুকে অভি বলে-তুমি চেঞ্জ করে নাও। খুব ঘুম পাচ্ছে। তাড়াতাড়ি শুয়ে পড়ব খেয়ে। ওকে বলে অন্তরা ওই ফাঁকা ঘর টায় ঢুকতে যায়। অভি- আরে ওই ঘরে ঢুকছ কেন?অন্তরা-আমার ড্রেসগুলো ওঘরেই আছে। তুমি একটু ওয়েট করো, আমি ৫ মিনিটে আসছি। এই বলে অন্তরা ঘরে ঢুকে দরজাটা ভেজিয়ে দিল।

অভি আস্তে আস্তে গিয়ে বারান্দায় দাঁড়িয়ে একটা সিগারেট ধরালো। সত্যি ভারি সুন্দর লাগছে আজ প্রকৃতি। জোস্না তার অগাধ রূপরাশি নিয়ে এই পাহাড়ি চা বাগানের বুকে লুটিয়ে পড়েছে।

অপরূপ তার শোভা। চারিদিক এক অপার্থিব আলোয় আলোকিত। দূরে বুধুয়া দের গ্রাম থেকে মাদল এর স্বর ভেসে আসছে। মনমাতাল করা এই পরিবেশে দাঁড়িয়ে অভি যেন নিজেকে হারিয়ে ফেলেছিল। হঠাৎ সম্বিত ফিরল তার। তাই তো অনেকটা সময় হয়ে গেছে কিন্তু অন্তরার কোন সাড়াশব্দ নেই কেন! ড্রেস চেঞ্জ করতে তো এত সময় লাগার কথা নয়। দ্রুত পায়ে অভি ভিতরে এল। অন্তরার ঘরের দরজাটা ভেজানোই ছিল। দরজাটা হাল্কা ঠেলা দিয়ে খুলে অভি অন্তরা কে ডাকতে ডাকতে ভিতরে ঢুকল। কিন্তু অন্তরা তার ডাকে সাড়াই দিলনা। সে অভির দিকে পিছন ফিরে জানালার সামনে দাঁড়িয়ে বাইরে তাকিয়ে আছে। অভি অবাক হয়ে দেখল যে অন্তরার পরনে সেই আাদিবাসী স্টাইল এ পড়া শাড়ীটাই রয়েছে। বিস্মিত অভি অন্তরার

কাছে গিয়ে বলে- কি ব্যাপার,তুমি ড্রেস চেঞ্জ করনি এখনও?হালকা করে ঘাড় ঘুরিয়ে অন্তরা তাকালো অভির দিকে। অভির বিস্ময় আরো বাড়ল সেই মাদকতা ভরা চোখের দৃষ্টি দেখে। অন্তরা কে একটু অন্যরকম লাগছে। কাজল দিল কখন ও চোখে! আর খোঁপা টাও উঁচু করে বেঁধেছে। অভির কথার কোন জবাব কিন্তু অন্তরা দেয়নি। একটু মনোযোগ দিয়ে অভি শুনল অন্তরা কি একটা গান গুনগুন করছে। ভাষাটা পুরোপুরি বুঝতে না পারলেও সুরটা অভির খারাপ লাগছেনা। কিন্তু অন্তরা এই গান শিখল কোথায়! আর ওর গলায় এত সুন্দর সুর এলো কোথা থেকে! অভি এবার অন্তরার কাঁধে হাত রাখে-বাঃ,খুব সুন্দর সুরটা। এবার চলো,রাত অনেক হয়েছে। ডিনার করবে না?

অভির গলাটা দুইহাত দিয়ে জড়িয়ে ধরে অন্তরা বলে- উউউ না,এখন নয়। পরে খাব। এখন চলো বাইরে বাগান এ গিয়ে আমরা ঘুরব।

এখন,এই রাত্তিরে! অভির বিস্ময় বেড়েই চলে।

কোথায় রাত! দেখছ না চারিদিকে কিরকম জোস্নার আলোয় ঝলমল করছে।

বুঝলাম ডিয়ার কিন্তু আজ এমনিতেই আমরা ক্লান্ত। কাল ঘুরব বরং।

অভির এই কথা শুনে তার গলা থেকে হাতদুটো নামিয়ে গোঁজ হয়ে দাঁড়িয়ে রইল অন্তরা। অভি এবার একটু অধৈর্য্য হয়ে বলল-আর ছেলেমানুষী করে না। চলো।

বলে অভি অন্তরার হাত টা ধরল। এরপরে যেটা ঘটল সেটা অভির কল্পনার অতীত ছিল। -না এখনই যাবো। ছাড়ো আমার হাত।

এই বলে অন্তরা এক ঝটকায় নিজেকে ছাড়িয়ে নিয়ে এগোতে যায়। অভি আবার অন্তরার হাত শক্ত করে ধরে।

-কি হয়েছে তোমার অন্তরা!

এর কোন জবাব না দিয়ে অন্তরা অন্য হাত দিয়ে অভি কে জোরে ধাক্কা দিল আর সেই ধাক্কা এতই জোরে ছিল যে অভি প্রায় দুই তিন হাত ছিটকে দেওয়ালে গিয়ে ধাক্কা খেল। অস্ফুট আর্তনাদ করে অভি ছিটকে পড়ল। কয়েক সেকেন্ড যেন নিঃস্তব্ধতা গ্রাস করলো তাকে। একটু সামলে উঠে অভি উঠে দাঁড়ালো এবং সঙ্গে সঙ্গে কোমরে তীব্র ব্যাথা অনুভব করল। তা সত্ত্বেও ব্যাথা উপেক্ষা করে অভি দ্রুত পায়ে ঘর থেকে বেরিয়ে এল। নাঃ অন্তরাকে দেখতে পেল না সে। বিহ্বল অভি বারান্দায় দাঁড়িয়ে চিৎকার করে অন্তরা কে ডাকল কিন্তু তার ডাক প্রতিধ্বনিত হয়ে ফিরে এল। চারিদিকে তাকাতে তাকাতে

হঠাৎ দেখতে পেল বাংলোর বাইরে যে ঘরে অন্তরা ছিল সেই ঘরের বাইরের দেয়ালে হেলান দিয়ে চুপচাপ দাঁড়িয়ে আছে অন্তরা।ছুটে গেল অভি তার কাছে।

- অন্তরা,কি হয়েছে তোমার! আমায় ধাক্কা দিয়ে কেন চলে এলে তুমি?

-শসসসসসস্।ঠোঁটে হাত দিয়ে ইশারা করল অন্তরা।

-যদি নিজের ভালো চাস তো ভিতরে চলে যা।

অন্তরার গলার আওয়াজ শুনে হাড় হিম হয়ে গেল অভির।এ কোন আওয়াজ! একসাথে দুটো আওয়াজ যেন বেরিয়ে এল অন্তরার গলা দিয়ে যেখানে অন্তরার আওয়াজ কে ছাপিয়ে সরু চিকন আর একটি মহিলার মর্মভেদী গলা।

নিজেকে কিছুটা সামলে অভি অন্তরার দিকে এগোতেই অন্তরা দৌড়াতে লাগল বাগানের দিকে।পিছনে অভি ও দৌড়ালো।কিন্তু অন্তরা যেন উড়ে উড়ে চলেছে।বাগানের রাস্তা যেন তার অতি পরিচিত।আর অভি দৌড়াচ্ছে অনুমানে নির্ভর করে,শুধু চাঁদের আলোয় যতটুকু পথ দেখা যায়।মাঝে মাঝেই খিলখিল জরে হেসে উঠছে অন্তরা যেন অভির তাকে তাড়া করাটা একটা খেলা।কিন্তু তার সেই হাসি অভির মনে শিহরন জাগাচ্ছে। দৌড়াতে দৌড়াতে অভি হোঁচট খাচ্ছে, পড়ছে আবার উঠে দৌড়াচ্ছে। হঠাৎ জোরে একটা ঠোক্কর খেয়ে পড়ল অভি।মাথাটা ঠুকে গেল মাটিতে।অন্তরা বলে একটা আর্তনাদ করে জ্ঞান হারাল অভি।

জ্ঞান যখন ফিরল অভির তখন সকাল হয়ে গেছে।সারা শরীরে অসহ্য ব্যাথা নিয়ে উঠে দাঁড়াল অভি।গায়ে হাতে নোংরা,কাদা লেগে।কপালের সাইডে ফুলে আছে। হাঁটুর কাছে প্যান্ট ছিড়ে গেছে, ছড়েও গেছে হাঁটু।রাতের সব স্মৃতি ফিরে এল অভির মনে।খোঁড়াতে খোঁড়াতে ফিরে এল বাড়ীতে।মিংমা তাকে দেখতে পেয়ে চিৎকার করে অন্তরা কে ডাকল-মেমসাব,মেমসাব।সাব জী লৌট আয়া।মিংমার ডাক শুনে বেরিয়ে এল অন্তরা।অভি ইতিমধ্যেই ঘরে প্রবেশ করেছে।অন্তরা অভির অবস্থা দেখে কেঁদে উঠল।অভিকে ধরে সোফায় বসালো।

- কোথায় ছিলে তুমি! আমি চারিদিকে তোমায় খুঁজছিলাম। জানো ঘুম ভেঙে দেখি যে আমি ওই ঘরটার মেঝেতে শুয়ে আছি।আচ্ছা কাল ফেরার পর কি হয়েছিল আমার,বলো না।

- আমি জানি না অন্তরা,আমি জানি না।খুব ক্লান্ত আমি।প্লীজ আমি পরে বলছি সব তোমায়।আমি একটু বিশ্রাম নিতে চাই।

অন্তরার হাত ধরে অভি ঘরে গিয়ে বিছানায় শুল। অন্তরা পাশে বসে অভির মাথায় হাত বুলিয়ে দিতে লাগল। অভি অবাক হয়ে দেখল যে কাল রাতের কোন চিন্হ অন্তরার মধ্যে বিদ্যমান নেই। দিব্যি স্বাভাবিক সে। অভির মাথায় সব তালগোল পাকিয়ে যাচ্ছিল। রাতের কথা অন্তরার মনেও নেই অথচ অভির শরীরে ও মনে কাল রাতের বিভীষিকার স্পষ্ট চিন্হ রয়েছে। নাঃ আর দেরী করা যাবেনা। কি আসল ব্যাপার জানতেই হবে। আস্তে করে বিছানা থেকে উঠে ঘরের বাইরে এল অভি। দেখল অন্তরা রান্নাঘরে অন্তরা ব্যাস্ত আর সাথে মিংমা তাকে হেল্প করছে। চুপচাপ তাদের কে না জানিয়ে অভি বাড়ী থেকে বেরিয়ে এল এবং সোজা বুধুয়া দের গ্রাম এ গিয়ে একেবারে বুধুয়ার কাছে গিয়ে উপস্থিত হল। গত রাতের সব কথা বুধুয়া কে জানিয়ে অভি বলল- বুধুয়া যখনই আমি আমাদের বাড়ীর ওই ঘরের কিছু অদ্ভুত অনুভূতির কথা তোমাকে বলেছি বা কিছু জিগ্যেস করেছি তখনই আমি তোমার মুখে ভয়ের চিন্হ দেখেছি। আর কাল ওই ঘরেই রাতে ওই ভয়ঙ্কর ঘটনা শুরু। তুমি আমায় আজ সত্যি বল কি ব্যাপার। সব শুনে বুধুয়া প্রথমে বলল যে সে কিছুই জানেনা কিন্তু অভির বারবার অনুরোধে বুধুয়া অবশেষে মুখ খুলল।

-কৌশিলা,ও নিশ্চয় কৌশিলা বাবু।

-কৌশিলা, সে আবার কে?

-বাবু আপনে বাড়ী যান। আমি একটু পরেই একজন কে নিয়ে আসছি।

কিন্তু অভি এভাবে চলে যেতে রাজী হচ্ছিল না বলে বুধুয়া বুঝিয়ে বলল যে তার এক ভাই যে শহরে থাকে সে পরব উপলক্ষে গ্রামে এসছে। সে পড়াশোনা জানে,ইংরেজি জানে এবং আরো অনেক কিছু জানে। তাকে নিয়ে সে অভির বাড়ীতে যাচ্ছে। তার মধ্যে যেন অভি অন্তরাকে ওই ঘরে ঢুকতে না দেয়।

অস্থির মন নিয়ে বাড়ীতে ফিরে অভি দেখল যে অন্তরা চিন্তিত ভাবে বসে আছে। অভিকে দেখেই সে বলল- অভি আবার তুমি কোথায় গেছিলে? আমি তোমার অফিসে ফোন করলাম কিন্তু তুমি তো অফিসেও যাওনি।

অভি ভালো করে অন্তরার আপাদমস্তক দেখল। কোথাও কোন অস্বাভাবিকতা নেই। ভয়ার্ত চোখে একবার ওই ঘরটার দিকে তাকিয়ে বলল- একটু কাজে গিয়েছিলাম।

- ঠিক আছে,আজ আর অফিস যেওনা। তুমি বসো আমি রান্না টা কমপ্লিট করে আসছি।

অভি আস্তে আস্তে এগিয়ে যায় সেই ঘরের দিকে। দরজাটা টেনে বন্ধ করে সবেমাত্র তালা লাগিয়েছে এমন সময় হঠাৎ চমকে উঠল অন্তরার কন্ঠস্বর শুনে- ও ঘরে তালা লাগালে কেন?- ও ঘর টা এখন বন্ধ ই থাকবে।

- কেন? কেন বন্ধ থাকবে?

একটু যেন বিকৃত শোনাল অন্তরার গলা।

অভি বলল- কারন এখন জানার তোমার প্রয়োজন নেই। আমি বলছি এটাই যথেষ্ট।

এইকথা শোনার পর অন্তরা আবার গোঁজ হয়ে দাঁড়িয়ে রইল। অভি এগিয়ে এল তার কাছে। মাথা নীচু করে দাঁড়িয়ে থাকা অন্তরার মুখটা দুহাত দিয়ে তুলে ধরল অভি এবং সঙ্গে সঙ্গে চমকে উঠল দারুন আতঙ্কে। অন্তরার মুখ দারুন ক্রোধ এবং আক্রোশে বিকৃত রূপ ধারন করেছে। ঘড়ঘড়ে গলায় অন্তরা বলল- দরজাটা খোল শিগগির।

- কি হয়েছে তোমার! এইরকম করছ কেন?

এইবার অভির হাত শক্ত করে ধরে অন্তরা চিৎকার করে বলল- চাবিটা দে আমায়। অভি হাতটা ছাড়িয়ে নিতে আপ্রান চেষ্টা করল কিন্তু সাঁড়াশির চাপের মত অন্তরার আঙুল তার হাতে চেপে বসেছে। অভিও চিৎকার করে বলল- দেবনা চাবি।

এক ঝটকায় অভিকে ছিটকে ফেলল সে মেঝেতে। যন্ত্রনায় ককিয়ে উঠল অভি। ছিটকে পড়ল হাত থেকে চাবি। অভি মেঝে থেকে ওঠার আগেই অন্তরা চাবি নিয়ে তালা খুলে ওই ঘরে ঢুকে গেছে আর সঙ্গে সঙ্গে সশব্দে বন্ধ হয়ে গেছে দরজা। অভি এসে আছড়ে পরল দরজার উপর।

-অন্তরা খোল দরজা। প্লিজ দরজা খোল। ভিতর থেকে শুধু খিলখিল হাসির আওয়াজ ভেসে এল। কাজের লোক মিংমা এই কান্ড দেখে থরথর করে কাঁপছে ভয়ে। অভি দৌড়ে গেল তার কাছে।

- মিংমা কুছ করো। প্লিজ ডু সামথিং। মিংমা গিয়ে দরজায় ধাক্ক দিল- মেমসাব খোলিয়ে দরওয়াজা। ও মেমসাব।

এইসময় ঘরে প্রবেশ করল বুধুয়া,সাথে অদ্ভুত পোশাক পরিহিত একজন লোক। গলা থেকে পা পর্যন্ত কালো আলখাল্লা পরা।

গলায় অনেক রকমের মালা। একহাতে একটি ছোট ত্রিশূল আর একহাতে রুদ্রাক্ষের মালা। বুধুয়া ঘরে ঢুকে অভিকে জিগ্যেস করে- কেয়া হুয়া সাব? মেমসাব কাঁহা?

- অন্তরা ওই ঘরে ঢুকে দরজা বন্ধ করে দিয়েছে। কিছুতেই খুলছে না।

বুধুয়া একথা শুনে ভয়ার্ত দৃষ্টিতে তাকাল সাথে আসা লোকটার দিকে। এইবার লোকটা এগিয়ে আসে ঘরের দিকে। দরজার সামনে দাঁড়ায় চুপচাপ। ঘুরে অভির দিকে তাকিয়ে বলে- স্যার,আপনার ওয়াইফ এই মুহূর্তে তার নিজের মধ্যে নেই। তার উপর অন্য কেউ কব্জা করে আছে। হতবাক অভি বুধুয়ার দিকে তাকায়।

- কে ইনি বুধুয়া! কি সব আজেবাজে বকছেন।

- আমি মনুয়া রউতিয়া। বুধুয়ার ভাই। প্যারানরমাল অ্যাকটিভিটি নিয়ে পড়াশোনা করেছি আর এই নিয়ে চর্চাও করি।

বুধুয়া- সাব,ও ঠিক বাত বোলা। মেমসাব কে উপর প্রেত কা সায়া হে। কৌশিলা নে উসে কব্জা কিয়া হোগা।

অভি- কে কৌশিলা! আমি কিছুই বুঝতে পারছি না।

মনুয়া- স্যার,কৌশিলা কে পরে জানবেন। আগে ম্যাডাম কে বাঁচাতে হবে। আমার পাশে এসে দাঁড়ান।

এইবলে মনুয়া হাতের মালা টা এগিয়ে ধরল দরজার সামনে আর বিড়বিড় করে দুর্বোধ্য ভাষায় মন্ত্রোচারন করতে লাগল। অভি অবাক হয়ে দেখল যে দরজা এতক্ষণ খোলা যাচ্ছিল না তা ধীরে ধীরে খুলে গেল। আগে মনুয়া আর তার পিছনে অভি ঘরে প্রবেশ করল।

ভিতরে অন্তরা ঘরের মাঝে মেঝেতে বসে ছিল। পরনের শাড়ী সেই আদিবাসী স্টাইলে পরা। মনুয়া ও অভি ঢুকতেই মুখ তুলে তাকাল সে। চমকে উঠল অভি। এ কাকে দেখছে সে! অন্তরার চোখ গাড় লাল। মুখে প্রচন্ড রাগ ফেটে পড়ছে। ঘন ঘন নিঃশ্বাস ফেলছে সে। মনুয়া- কে তুমি? কেন এসছ এখানে?

অন্তরা খিলখিল করে হেসে উঠল।

মনুয়া- ওঠ, উঠে দাঁড়াও। বাধ্য মেয়ের মত উঠে দাঁড়াল অন্তরা। তারপর সবাইকে অবাক করে উঠতে লাগল মেঝে থেকে উপরে। প্রায় পাঁচফুট উপরে উঠে গেল সে। তারপর গোল হয়ে ঘুরতে লাগল শূন্যে। আর সাথে হাড় হিম করে দেওয়া খিলখিল হাসি। এই দৃশ্য দেখে অভির মাথা থেকে পা পর্যন্ত ভয়ের ঠান্ডা স্রোত নেমে গেল। সেইসাথে অন্তরা কে হারাবার আশঙ্কায় চোখে জল এসে গেল তার। "অন্তরা" বলে চিৎকার করে উঠল অভি। অভির ডাক শুনে ঘুরতে ঘুরতে স্থির হলো অন্তরা। হঠাৎ শূন্যপ থাকা অবস্থায় গলায় দুইহাত দিয়ে ছটফট করতে লাগলো সে। মনে হতে লাগল যেন কোন ফাঁস তার গলায় চেপে বসছে। বন্ধ হয়ে আসছে নিঃশ্বাস। লাল চোখ দুটো ঠেলে

বের হয়ে আসছে। যন্ত্রণায় বিকৃত হয়ে যাচ্ছে মুখ। অন্তরার মুখ দিয়ে বেরিয়ে এল একটাই আওয়াজ- অভি আমায় বাঁচাও।

অভি দৌড়ে যেতে গেল অন্তরার দিকে। বাধা দিল মনুয়া।

- দাঁড়ান, এগোবেন না।

মনুয়া মালা ধরা হাতটা এগিয়ে ধরল অন্তরার দিকে।

- কে তুমি বলো এবার?
- কৌশিলা।
- কোথায় থাকো তুমি?

শূন্যে থাকা অবস্থায় ছটফট করে উঠল অন্তরা। হাতটা উঠে বেঁকে গেল জানলার দিকে।

ঘড়ঘড়ে গলায় উত্তর এল- বাইরে আমগাছে।

- কিন্তু ওখানে তো কোন আমগাছ নেই।
- ছিল। ওই গাছেই আমি ঝুলেছিলাম। ওরা গাছটা কেটে দিয়ে এই বাড়ীটা বানিয়েছে।

আর বলতে পারেনা অন্তরা। অদৃশ্য ফাঁসের চাপে দমবন্ধ হয়ে আসে যেন তার।

আর যেন সহ্য করতে পারেনা অভি। চিৎকার করে বলে- ছেড়ে দাও আমার অন্তরা কে।

- না। আবার গর্জে ওঠে অন্তরার গলা।

মনুয়া এবার ত্রিশূলটা উঁচিয়ে ধরে অন্তরার দিকে।

- ওকে ছেড়ে তোমায় দিতেই হবে কৌশিলা। আমি জানিনা কেন তোমায় গলায় দড়ি দিতে হয়েছিল কিন্তু এই শিবের ত্রিশূল ছুঁয়ে আমি বলছি যে বা যারা এর জন্য দায়ী আমি তাদের তোমার সামনে নিয়ে আসব। একদিন সময় দাও আমায়। কিন্তু এই নিরীহ মেয়েটিকে ছেড়ে দাও।

কিছুক্ষন সব চুপচাপ। তারপরই অন্তরা উপর থেকে ঝুলে থাকা অবস্থা থেকে মেঝেতে পড়ল। দৌড়ে গেল অভি ও মনুয়া। অন্তরা তখন অজ্ঞান। কিন্তু অবাক হয়ে অভি দেখল যে অন্তরার গলার চারপাশে লাল একটা গোল দাগ ঠিক যেমন গলায় দড়ির ফাঁস লাগলে হয়।

মনুয়া একটা দীর্ঘনিঃশ্বাস ফেলে অভিকে বলল- স্যার, ম্যাডাম কে নিয়ে গিয়ে অন্য ঘরে শুয়ে দিন। আপাতত কোন ভয় নেই।

অন্তরা কে বেডরুমে শুইয়ে বাইরে আসে অভি। মনুয়া তখন বুধুয়ার সাথে কি যেন কথা বলছিল। অভিকে দেখে বুধুয়া মাথা নীচু করে আর

মনুয়া বলে- ঘটনটা এইবার আপনার জানা দরকার। বুধুয়ার কাছে শুনলে অনেক কিছু বুঝতে পারবেন না কারন বাংলা ও বলতে পারবেনা। আমি আজ অনেকদিন কলকাতায় থাকি তাই বাংলা টা স্যার খুব একটা খারাপনা। ঘটনাটা যদিও আমি দেখিনি কিন্তু বুধুয়ার মুখেই শুনলাম।

কৌশিলা ছিল আমাদেরি গ্রামের মেয়ে। গায়ের রং কালো হলেও মুখখানা ছিল ভারী মিষ্টি আর গানের গলাও ছিল চমৎকার। গ্রামের ছেলে রমেশ এর সাথে ওর বিয়ে ঠিক হয়। রমেশ শহরের স্কুলে পড়ে ট্যুরিস্ট দের গাইড এর কাজ করত। আমাদের সমাজে বিয়ের আগে মেলামেশা করা হলেও কিছু বাধানিষেধ ছিল। ওরা দুজন অনেক সময় কাটাত একসাথে। যখনই রমেশ গ্রামে আসত কৌশিলা ও রমেশ একসাথে ঘুরে বেড়াত। এই চা বাগানেও ঘুরত। বিয়ের আগে কোন এক সময় হয়তো দুজনে সব সীমা অতিক্রম করে। সেবার রমেশ ফিরে যাবার কিছুদিন পর জানা যায় যে কৌশিলা প্রেগন্যান্ট। বিয়ের আগে এই ঘটনায় গ্রামে টি টি পড়ে যায়। অবস্থা সামাল দিতে রমেশ কে ডেকে পাঠানো হয় কিন্তু সে জানায় যে এর জন্য সে দায়ী নয় এবং এও জানায় যে এইরকম দুশ্চরিত্রা কে সে বিয়ে করবেনা। কৌশিলা ও তার পরিবারের উপর আকাশ ভেঙে পড়ে। লজ্জায় অপমানে কৌশিলা এই খানে আমগাছে গলায় দড়ি দিয়ে আত্মহত্যা করে।

এইপর্যন্ত বলে চুপ করে মনুয়া। অভি মনুয়া কে একটা সিগারেট দেয় এবং নিজে একটা ধরিয়ে বলে- এখন তা হলে কি হবে মনুয়া? অন্তরা কে কি করে বাঁচাব?

মনুয়া- আমি বুঝতে পারছি যে কৌশিলার আত্মার সদ্গতি হয়নি। মৃত্যুর পরে সে এইখানেই ছিল। গাছ কেটে এখানে বাড়ী হলেও সে এইঘরেই বাসা বাঁধে। আপনাদের সুখী সংসার দেখার পর থেকে সে অনুকূল পরিস্থিতি খুঁজছিল আপনাদের সংসার এ ঢোকার। যেটা সে পায় কাল রাতে পরবের থেকে ফিরে ম্যাডাম যখন ওই ঘরে ঢোকে। আদিবাসীর সাজ পরা ম্যাডাম কে অ্যাটাক করা তার পক্ষে অনেক সহজ হয়ে যায়।

- তাহলে কি হবে মনুয়া? অন্তরা কে এর থেকে কিভাবে বের করব?

- একটাই উপায় আছে। রমেশ কে ওই ঘরে এনে হাজির করতে হবে। যদি রমেশ ই সত্যি দোষী হয় তাহলে কৌশিলার আত্মা তাকে ছাড়বেনা। সেক্ষেত্রে অন্তরা কে সে ছেড়ে দেবে।

- কিন্তু কোথায় পাব এখন আমি রমেশ কে?

- রমেশ এখন গ্রামেই আছে স্যার। বুধুয়া গিয়ে ডেকে আনুক। এমনি ডাকলে হয়ত আসবে না, বলে পাঠান যে ট্যুর এ যাবেন। গাইড লাগবে।

মনুয়ার কথামত অভি বুধুয়া কে রমেশ এর কাছে পাঠায়। কিছুক্ষণ পরে রমেশ কে নিয়ে হাজির হয় বুধুয়া। রমেশ কিছুতেই বাড়ীতে ঢুকতে চাইছিল না কিন্তু অভি অনেক রিকোয়েস্ট করে তাকে ভিতরে আনে। সেই ঘরে রমেশ কে বসায়। তাকে একটু অপেক্ষা করতে বলে অভি বাইরে গেলে ঘরে ঢোকে মনুয়া। তাকে দেখে রমেশ বলে- আরে ভূতো কা ডকটর,তুম ইহা ক্যা করনে আয়ে হো?

- কৌশিলা সে মিলনে।

মনুয়ার এই কথায় রমেশ চমকে ওঠে। কোন কথা তার মুখ দিয়ে বেরোয় না।

সেই মুহূর্তে অন্তরাকে নিয়ে সেই ঘরে ঢোকে অভি। ক্লান্ত অবসন্ন অন্তরা অভি কে বলে- এই ঘরে কেন নিয়ে এলে?

- চেয়ে দ্যাখো সামনে কে এসেছে!

চোখ তুলে সামনে তাকায় অন্তরা। রমেশের উপর চোখ পড়ে তার। সঙ্গে সঙ্গে দৃষ্টি হয়ে যায় স্থির। অভি লক্ষ করে যে অন্তরার বডি স্টিফ হচ্ছে ধীরে ধীরে। নিঃশ্বাস দ্রুত হচ্ছে। নাকের পাটা দুটো ফুলছে।

এদিকে রমেশ অন্তরার আচরনে ঘাবড়ে গিয়ে মনুয়াকে বলে- আরে ইয়ে ক্যা হো রাহা হে মনুয়া! কৌন হে ইয়ে ওউরত?

- কৌশিলা। চিনতে পারছ না?

- ক্যা বকওয়াশ হে ইয়ে!

- বকওয়াশ নেহি। সাচ বাত হে ইয়ে।

- আরে ক্যায় সা সাচ! ও তো দো সাল পহেলে হী মর গয়ী। বুরবাক হো তুম সব।

এই বলে রমেশ ঘর থেকে বেরিয়ে যেতে যাবে এমনি সময় গর্জে উঠল অন্তরা আর সেই আওয়াজ অন্তরার নয়,কৌশিলার।

- রমেশ! মুঝে ভুল গয়া কেয়া? সাদী কা বাহানে সে মেরা ফায়দা উঠানে কে বাদ ভুল গয়া মুঝে?

রমেশ দাঁড়িয়ে পড়ে।

- ই তো কৌশিলা কা আওয়াজ হে! ইয়ে ক্যায়সে হো সাকতা হে।

খিলখিল করে হেসে ওঠে অন্তরা ওরফে কৌশিলা। প্রচন্ড ভয়ে রমেশ দৌড়ে পালাতে যায় কিন্তু তার আগেই অন্তরার অঙ্গুলি হেলনে সে মাটি থেকে

তিনহাত শূন্যে উঠে গেছে। আতঙ্কে চিৎকার করে রমেশ- বাঁচাও মুঝে। মাফ কর দো মুঝে। বহুত বড়ী গলতি হো গয়া মুঝসে।

কিন্তু অন্তরার কানে বোধহয় সে সব কথা ঢোকেনা। যার কারনে তার মৃত্যু হয়েছে সেই চরম শত্রু কে হাতের মুঠোয় পেয়ে সে চরম শাস্তি দিতে চলেছে। হাড় হিম করা হাসির সাথে তার চোখদুটো জ্বলছে ভাঁটার মত। এদিকে রমেশ এর দুহাত তার গলার কাছে চলে গেছে। অদৃশ্য ফাঁস তার গলায় যেন কেটে বসছে। চোখদুটো ঠেলে বেরিয়ে আসছে। ঠোঁটের কস বেয়ে রক্তের ধারা নামছে। অস্ফুট স্বরে শুধু বলছে- মাপ করদো শিলা। মুঝে মাফ কর দো।

এইভাবে কিছুক্ষণ ছটফট করার পর রমেশ এর প্রানহীন দেহটা আছড়ে পড়ল মাটিতে।

হতবাক দৃষ্টিতে এতক্ষণ সব দেখছিল অভি ও মনুয়ারা। রমেশ মারা যেতেই অন্তরা নিস্তেজ হয়ে অভির গায়ে ঢলে পড়ল। মনুয়া এগিয়ে এসে বলল- যান স্যার। আর কোন ভয় নেই। কৌশিলা আর আসবে না কোনদিন আপনাদের বিরক্ত করতে। তার প্রতিশোধ সম্পূর্ণ হয়েছে।

অন্তরা কে নিয়ে গিয়ে বিছানায় শুইয়ে দেয় অভি। অবাক হয়ে দেখে যে অন্তরার মুখ আবার আগের মতই স্বাভাবিক। এমনকি গলার দড়ির দাগ টাও আর নেই।

রমেশ এর ওখানে মৃত্যু হওয়ায় পুলিশে খবর দেওয়া হয়েছিল। সেই ঝামেলা সামলাতে মনুয়া অনেক হেল্প করে অভি কে। একবছর পর যখন অভি ও অন্তরার কোল আলো করে এক কন্যা সন্তান আসে তারা ওর নাম রাখে কৌশিলা।

গল্প - ফাইভ মেন আর্মি

দেশের বুকে অনাহুত বিদেশি শক্তি,
হানাদারদের আগ্রাসী নৃশংস হানা।
যাদের রক্তের বিনিময়ে এসেছিল স্বাধীনতা, ঘটেছিল মুক্তি,
রইলো তাদের কাহিনী অজানা।।

১০ আগষ্ট,২০১৯...
কাহুটা,ইসলামাবাদ...

রাত ১০টা..কাহুটা,ভারত পাকিস্তানের বর্ডারের কাছাকাছি পাকিস্তানের অন্তর্ভুক্ত একটি গ্রাম। এমনিতেই গ্রাম তার উপর বর্ডার এরিয়ার কাছাকাছি হওয়ায় রাত ১০টাতেই নেমে এসেছে গভীর রাতের নীরবতা। লোকালয়ের

শেষ প্রান্তে কিছুটা এবড়োখেবড়ো পাথুরে জমি এবং ঝোপঝাড়। তারই এক প্রান্তে অনেক পুরোনো ভাঙাচোরা প্লাস্টার ওঠা দেওয়াল নিয়ে অন্ধকারের মধ্যে দাঁড়িয়ে রয়েছে একটি একতলা বাড়ি। সম্ভবত ব্রিটিশ আমলে তৈরি হয়েছিল সেনাদের ওয়েটিং রুম হিসাবে। বর্তমানে পরিত্যক্ত কারন সেনা ছাউনি আরও বেশ কিছুটা দূরে। ভগ্নপ্রায় এই বাড়িটির তিনটি ঘরের মধ্যে দুটির অবস্থা শোচনীয়। দেওয়াল ধ্বসে, ইঁট পাথরের স্তূপে রাবিশের পাহাড়। সেখানে জন্মেছে আগাছা ও ঝোপঝাড়। সাপ ও বিছের অবাধ বিচরন। কোনার দিকে একটি মাত্র ঘর কিছুটা আস্ত বলা যায়। দরজার কপাট ও জানলা আস্ত আছে। যদিও সিলিং এর অবস্থা ভালো নয়। এই ঘরটাতেই আজ সন্ধ্যেবেলায় লোকজনের দৃষ্টি এড়িয়ে আশ্রয় নিয়েছে পাঁচজন ব্যক্তি। আপাতত সেই ঘরটাকেই একটু সাফসুতরো করে চুপচাপ বসে কারও জন্য যেন অপেক্ষা করছে। পোশাকআশাক সাধারণ হলেও লোকগুলো যে খুব একটা সাধারন নয় সেটা তাদের ধৈর্য্য দেখলেই বোঝা যায়। গাঢ় অন্ধকারে মশার কামড় ও সরীসৃপদের আতঙ্ক অগ্রাহ্য করে নিশ্চুপ বসে তারা। মাঝেমধ্যে অবশ্য টর্চ জ্বেলে নিজেদের চারপাশটা দেখে নিচ্ছে যাতে বসে থাকা অবস্থায় সাপ ও বিছের সহজ শিকারে না পরিনত হয়।

এভাবে কাটলো আরও একঘন্টা। তারপর পাঁচজনই শুনল একটা গাড়ির ইঞ্জিনের মৃদু শব্দ। তাদের অভিজ্ঞ কান বুঝে নিল কোথায় কতদূরে আছে গাড়িটা এবং সেইসাথে বুঝতে পারলো যে অপেক্ষার অবসান হতে চলেছে। পাঁচজনেই হয়ে উঠলো সতর্ক। গাড়ির ইঞ্জিনের শব্দ বাড়ির খুব কাছাকাছি এসে থেমে গেল। ক্রমশ বাড়ির দিকে এগিয়ে আসতে লাগলো ঝোপঝাড় ভেদ করে কয়েকজোড়া বুটের আওয়াজ। এই ঘরের দরজার কাছে এসে থামলো আওয়াজটা। কয়েক সেকেন্ড সব চুপচাপ। তারপরই তিনজোড়া জোরালো টর্চের আলো এসে পড়লো ওই পাঁচজনের উপর। চোখ কুঁচকে ফেলল অতিথিরা।

- এরাই?

ভরাট গলায় প্রশ্নটা ভেসে এলো মাঝখানে দাঁড়ানো সদ্য আগত আগন্তুকের মুখ থেকে।

- জী,জনাব।

পাশে দাঁড়ানো দ্বিতীয় ব্যক্তি বলল।

প্রথম আগন্তুক ওই পাঁচজনের মধ্যে একজনকে উদ্দেশ্য করে বলল- লিয়াকত,এদের পরিচয় দাও।

বক্তাকে একটা স্যালুট ঠুকে লিয়াকত নামের ব্যক্তিটি বলল- জনাব,এরা হলো জাফর আলি খাঁ,মহম্মদ আজহার,আফজল খাঁ এবং মহম্মদ মীরন। ফিদাই ট্রেনিং সম্পূর্ণ করেছে সফলতার সাথে। অন্যান্য ফর্মালিটিও শেষ। মাসুদ ভাই নিজে রেকমেন্ড করেছে এদের। পুরো মিশন ব্রিফ করা হয়েছে। এখন শুধু এক্সিকিউশনের অপেক্ষা।

-হুমম্,গুড জব লিয়াকত।

গলায় একটু প্রসন্নতার সুর আগন্তুকের। অবশ্য পরক্ষনেই কঠোর হয়ে উঠল আওয়াজ। লিয়াকত বাদে সদ্য পরিচিত হওয়া চারজনের দিকে তাকিয়ে গমগম করে উঠল আওয়াজ।

- নতুন করে কিছু আমি তোমাদের বলছি না। কি মিশন আর কোথায় কিভাবে করবে সবই তোমরা জানো। আমি শুধু কয়েকটা ইনফরমেশন দেব। তোমাদের প্রত্যেকের ফ্যামিলিতে টাকা পৌঁছে গেছে। প্রত্যেক ফ্যামিলি মেম্বারদের একজন পাকিস্তান সরকারের বিভিন্ন দপ্তরে কাজের নিয়োগপত্র পেয়ে গেছে। নিয়োগপত্রের কপি ইউসুফের কাছে আছে,দেখে নিতে পারো। তার মানে হলো এভরিথিং ইজ রেডি। এখন ঝাঁপিয়ে পড়ো। মিশনকে আনজাম দাও। মনে রেখো মিশন যাদি সাকসেসফুল হয়,সর-জমিনে পাকিস্তান তোমাদের চিরকাল স্মরন করবে। ইনস্ আল্লা।

- ইনস্ আল্লা।

সমস্বরে বলে উঠল চার যুবক।

আবার মুখ খুললেন আগন্তুক।

- ইউসুফ, ওদের প্রয়োজনীয় জিনিসগুলো দিয়ে দাও।

পাশে দাঁড়ানো দ্বিতীয় ব্যক্তি চারজনের দিকে এগিয়ে দিল চারটি ব্যাগ।

- এতে তোমাদের পোশাক,মোবাইল ও অন্য কিছু ডিভাইস আছে। স্পটগুলোয় পৌঁছানোর পর আমাদের ওখানকার এজেন্ট তোমাদের সাথে যোগাযোগ করবে। মিশনের যাবতীয় জিনিস তোমাদের সাপ্লাই করবে।

লিয়াকত,মিটিং আশাকরি শেষ। এবার তোমার কাজ। নিরাপদে এদের বর্ডার পার করিয়ে দিতে হবে।

লিয়াকত - জরুর জনাব। নিশ্চিন্ত থাকুন।

ঠোঁটে হালকা হাসির রেখা দেখা দিল আগন্তুকের। ঘুরে বেরিয়ে যেতে গিয়ে আবার ঘুরলেন চারজনের দিকে। লিয়াকত ও বাকি চারজন দেখল যে আগন্তুকের চোখে দারুন ক্রোধের চিন্হ। তার পরবর্তী কথায় চারজনের কলিজা যেন কেঁপে উঠল।

- ১৫ই আগষ্ট সকালে হিন্দুস্তানের কান্না শুনতে চাই আমি। হাহাকার শুনতে চাই আমি। মনে রেখো।

বেরিয়ে গেল তিনজন। প্রথমে পায়ের আওয়াজ ও পরে গাড়ির আওয়াজও মিলিয়ে গেল। পরিত্যক্ত বাড়ির ওই ঘরে নেমে এলো অখণ্ড নীরবতা।

স্তব্ধতা ভেঙে লিয়াকত বলল- চলো,এবার আমাদের এগোতে হবে বর্ডারে। নিজেদের জিনিস দেখে নাও।

কৌতুহলী আফজল বলে বসলো- জনাব,এই ব্যক্তির পরিচয় জানতে পারি?

ঠান্ডা চোখে তার দিকে তাকালেন লিয়াকত।

- তোমরা ফিদাইন হতে যাচ্ছো। তোমাদের অবশ্য বলাই যায়। উনি পাকিস্তান আর্মির কমান্ডার -ইন-চিফ জাফর দুরানি।

১২ই আগষ্ট...

নিউ দিল্লী,স্বরাষ্ট্র মন্ত্রক অফিস..

সময়- সন্ধ্যা...

লম্বা কনফারেন্স রুমের একটা সাইডের চেয়ারে বসে অস্থিরভাবে নিজের ল্যাপটপে আঙুল চালাচ্ছেন ইন্ডিয়ান ইনটেলিজেন্স (র) এর চীফ অপারেটিং অফিসার বিপ্লব মুখার্জি। মাঝে মাঝেই আঙুল মটকাচ্ছেন আবার পরক্ষনেই ল্যাপটপে মনোযোগ দিচ্ছেন। মনটা যে প্রচন্ড চঞ্চল হয়ে আছে সেটা বোঝা যাচ্ছে। বারবার ঘড়ি দেখছেন তিনি। তখনই মোবাইলে কলটা এলো। ডিফেন্স সেক্রেটারির ফোন।

- স্যারের চেম্বারে চলে আসুন।

ফোনটা কেটে দিয়ে ঝট করে উঠলো বিপ্লব। ল্যাপটপ অফ করে বগলদাবা করে দ্রুতগতিতে এগোল মন্ত্রীর কেবিনের দিকে।

ডিফেন্স মিনিস্টারের কেবিনে ঢুকে বিপ্লব দেখল যে তিনি ফোনে ব্যস্ত। বিপ্লবকে ইশারা করে বসতে বলে তিনি কথা শেষ করলেন। ফোনটা রেখে বিপ্লবের দিকে তাকিয়ে বললেন- রিপোর্ট?

বিপ্লব- রিপোর্ট ইজ গুড স্যার। বিভিন্ন সোর্স থেকে যা খবর পেয়েছি তাতে এবারে ১৫ই আগষ্ট সেই রকম কোন বড় নাশকতার খবর নেই। যা টুকরো টাকরা ছোটখাটো গড়বড়ের খবর পেয়েছি সেটা অনায়াসে সামলে নেওয়া যাবে। মোর অর লেস এবারের ১৫ই আগষ্ট আমরা হয়তো রিল্যাক্স থাকতে পারবো।

- হুমম্,মিলিটারি ইনটেলিজেন্স ও আমায় যা রিপোর্ট দিয়েছে সেটা আপনার মতকেই সমর্থন করে।

একথা বলার পর মন্ত্রী কয়েক সেকেন্ড তাকিয়ে রইলেন বিপ্লবের দিকে। নিজের চশমাটা খুলে একটু সামনে ঝুঁকে বললেন- আপনার অস্থিরতা আমায় কিন্তু অন্য কিছু ভাবাচ্ছে। এনিথিং এলস? কোন বিশেষ নিউজ?

একটু সময় নিলেন বিপ্লব।মনটাকে স্থির করে একটা বড়ো শ্বাস নিলেন।তারপর বললেন- স্যার,অন্য সব সোর্সের খবর ঠিকই আছে কিন্তু আমার এছাড়াও একটা স্পেশাল সোর্স আছে। সেখানের রিপোর্ট টাই একটু চিন্তায় ফেলেছে।

- কোন সোর্স?

- সরি স্যার,সেটা বলা যাবে না।বাট সেখান থেকে একটা মেসেজ এসেছে। অবশ্যই কোডেড।

কৌতুহলী হয়ে উঠলেন মিনিস্টার।

- কি মেসেজ?

- মুশকিলটা হচ্ছে স্যার যে আমি এখনও মেসেজটা উদ্ধার করতে পারিনি।সোর্সের সাথে যোগাযোগের কোন উপায় নেই কারন তাতে তার জীবন বিপন্ন হতে পারে।

- মেসেজটা দেখা যায়?

- ইয়েস স্যার।

বলে ল্যাপটপ অন করে ঘুরিয়ে দিল মন্ত্রীর দিকে।

মেসেজটা পড়ে ভ্রু কুঁচকে উঠল মন্ত্রীর।

- এর মানে কি বিপ্লব?

মেসেজটা আবার পড়লো বিপ্লব।

" Sugar Sweets pouch chuka hai..
Chacha Kal Mithai Denge..
Eksaath 15A.."
(সুগার সুইটস পৌঁছ চুকা হে,
চাচা কাল মিঠাই দেঙ্গে,
একসাথ ১৫এ..)

-১৫এ যে ১৫ই আগষ্ট সেটাই শুধু বুঝতে পেরেছি কিন্তু বাকিটা..

গুম হয়ে গেলেন মিনিস্টার।

- কিন্তু বাকিটা তো উদ্ধার করতে হবে বিপ্লব এবং তোমাকেই করতে হবে। তুমি এই ব্যাপারে স্পেশালিষ্ট। আর যদি সিকিউরিটির কথা বলো তো..

মন্ত্রীকে থামিয়ে বিপ্লব বললেন - সেটা আমি জানি স্যার। সব শহরে হাই অ্যালার্ট,রুটিন চেকিং.. সব হচ্ছে। কিন্তু এই মেসেজটায় একটা কিছু খুব ভাইটাল আছে যেটা ধরতে পারছি না। এটাও মনে হচ্ছে যে আজকের মধ্যে কোড ব্রেক করা দরকার।

উঠে পড়লেন বিপ্লব।

- আসি স্যার। দেখি রাতের মধ্যে সলভ হয় কিনা।

চিন্তিত মুখে মিনিস্টার বললেন- ওকে বিপ্লব। আমি তোমার ফোনের অপেক্ষায় থাকব।

অন্যমনস্ক ভাবে অফিস থেকে বেরিয়ে এলো বিপ্লব। সোজা গাড়িতে বসে নিজের ফ্লাটেই এলো সে। গোটা রাস্তা মেসেজটা নিয়ে ভেবেছে কিন্তু আটকে যাচ্ছে।

ফ্ল্যাটে এসে চুপচাপ ড্রয়িংরুমে বসলো বিপ্লব। দিল্লিতে সে একাই থাকে। তার পুরো ফ্যামিলি কানপুরে সেটেলড। বসে বসে মেসেজটা নিয়েই ভাবতে লাগলো সে। মেসেজটা তাকে পাঠিয়েছে ফারুক। এই ফারুককে অনেক ঝুঁকি নিয়ে অনেক কাঠখড় পুড়িয়ে সে পাকিস্তান ইনটেলিজেন্সে ঢুকিয়েছে। সেখান থেকে ফারুক তাকে একদম অথেনটিক নিউজগুলো পাঠায়। তবে ফারুক তাকে কখনোই সরাসরি মেসেজ পাঠায় না। তার এক বন্ধু থাকে কাশ্মীরে। প্রথমে তাকে পাঠায় আর সেই বন্ধুটি মেসেজটি বিপ্লবকে ফরওয়ার্ড করে। কিন্তু এবারের মেসেজটা বিপ্লবকে যথেষ্ট বেকায়দায় ফেলে দিয়েছে। চাচা বলতে ফারুক কার কথা বলেছে? ফারুকের এক চাচা অবশ্য চেন্নাইতে থাকে আর তার ফোন নম্বরও বিপ্লবের কাছে আছে। তাকেই কি ফোন করতে ঈঙ্গিত করেছে ফারুক। চট করে একবার ঘড়িটা দেখল বিপ্লব। রাত ১০টা,এখন ফোন করলে নিশ্চয়ই চাচাকে পাওয়া যাবে। ফোনটা হাতে নিয়ে চেন্নাইয়ের নম্বর ডায়াল করতে গিয়ে হঠাৎ স্তব্ধ হয়ে গেল বিপ্লব। কাঁপা কাঁপা হাতে কাগজে লিখে রাখা মেসেজটা সে আবার চোখের সামনে ধরলো। আতঙ্কের একটা হিমেল স্রোত শিরদাঁড়া বেয়ে নেমে গেল। বুঝে ফেলেছে সে মেসেজটা। চাচা বলতে কোন ব্যক্তির কথা ফারুক বলেনি। মেসেজটার প্রত্যেকটা ইংরেজি ক্যাপিটাল লেটার অন্য মানে বয়ান করছে অর্থাৎ Sugar (suicide) Sweets (squad) pouch chuka hai..Chacha (chennai)Kal (kolkata) Mithai (mumbai)

Denge (delhi)..Eksaath(explosion) 15A(15 august)..

Suicide squad..chennai Kolkata mumbai delhi..explosion 15 august..

হাঁ করে কোড উদ্ধার করা মেসেজটার দিকে চেয়ে বিপ্লব।এত বড়ো একটা নাশকতার প্ল্যান করেছে পাকিস্তান? মুখের ভিতরটা তেতো হয়ে গেল তার।এর মানে জঙ্গিরা ঢুকে পড়েছে দেশে। ছড়িয়ে গেছে চারটে বড়ো শহরে। কি করবে সে এখন! মাথাটা যেন হঠাৎ কাজ করা বন্ধ করে দিয়েছে। পকেট থেকে সিগারেট বার করে অগ্নিসংযোগ করলো বিপ্লব।বার বার সিগারেটে টান দিতে দিতে সারা ঘরে পায়চারি করতে লাগলো আর কোডেড মেসেজটা বিড়বিড় করতে লাগল।

- ভাবনায় পড়েছো দেখছি।

কানে আসা এই গলার আওয়াজের উত্তরে আপনা হতেই বিপ্লবের মুখ দিয়ে বেরিয়ে এলো।

- ভাবনা হবে না? কতগুলো মানুষের জীবন বিপদের মুখে।

উত্তরটা দিয়েই চমকালো সে।কে কথা বললো! কেউ তো নেই এ ঘরে। চারিদিকে তাকাতে লাগল সে।

- কি হলো,দেখতে পাচ্ছো না? সামনে তাকাও।

আবার ভেসে এল আওয়াজ।

এবার সামনে তাকালো বিপ্লব।তাকাতেই চমকে উঠলো সে।হৃদপিণ্ডটা এক লাফে যেন গলার কাছে চলে এল।তার সামনে কয়েক হাত দূরে একটা চেয়ারে বসে আছেন নেতাজি সুভাষচন্দ্র বোস।পরনে চিরপরিচিত সামরিক পোশাক।স্মিত হাসিতে মুখমণ্ডল আলোকিত।ভয়ে বিস্ময়ে বিপ্লবের মুখ দিয়ে কোন কথাই বেরোলো না।শুধু টের পেল যে এসির মধ্যেও সে ঘামছে।

- কি হে? বোবা হয়ে গেলে নাকি?

আবার ভেসে এল নেতাজির গলা।

আমতা আমতা করে বিপ্লব বলল- না মানে আজ্ঞে আপনি! মানে ভুত.. না মানে!

- কি মানে মানে করছো! তুমি তো বিজ্ঞানের ছাত্র ছিলে।ইমপ্রেসন বোঝো না?এটাও তাই। সুক্ষ্য ইমপ্রেসন।অবশ্য দরকার পড়লে স্থুল আকারেও আসতে পারি।

চুপ করে তাকিয়ে থাকলো বিপ্লব।তার যেন এখনও বিশ্বাস হচ্ছে না গোটা ব্যাপারটা।তার মনের অবস্থা আন্দাজ করেই নেতাজি বললেন- মনে

দ্বন্ধ চলছে তো? বেশ,তোমায় প্রমান দেখাচ্ছি। বলে তিনি তাকালেন ডাইনিং টেবিলের দিকে। ওখান থেকে একটা চেয়ার নিজে থেকে সরে এসে বিপ্লবের সামনে থামলো। হতভম্ব বিপ্লবকে ইশারা করে নেতাজি বললেন- বসো ওটায় আর বলো কি হয়েছে।

দুইহাত জোড় করে নেতাজিকে প্রনাম করলো বিপ্লব। চেয়ারে না বসে সোজা চলে এলো নেতাজির সামনে। হাঁটু মুড়ে বসে পড়লো সেখানে। সমস্ত ঘটনা বললো তাকে। সব শুনে উঠে দাঁড়ালেন তিনি। উত্তেজিত ভাবে দুহাত পিছনে নিয়ে পায়চারি করতে লাগলেন ঘরে।

-১৯৪৭ সালে যে স্বাধীনতা আমরা পেয়েছি সেই স্বাধীনতা আমি চাইনি। শুধু আমি কেন,আমার মতো অনেকেই চায়নি। গোড়ায় গলদের সেই বিষ আজ এতবছর ধরে ভারতবর্ষের জনগনকে পান করতে হচ্ছে। তখনও চক্রান্ত,এখনও চক্রান্ত।

কথাগুলো বলে ঝট করে ঘুরলেন বিপ্লবের দিকে।

- মেঝেতে বসে না থেকে ওঠো। কি করবে এখন?কি করে ঠেকাবে এই ধ্বংসলীলা? কিছু ভেবেছ?

থতমত খেয়ে উঠে দাঁড়াল বিপ্লব।

- এখনই ডিফেন্সকে জানাতে হবে। আজ ১২ই আগষ্ট। মাঝে আর দুটো দিন। চার বড়ো শহরে শুরু করতে হবে চিরুনি তল্লাশি। প্রত্যেক সন্দেহভাজন লোককে গ্রেফতার করতে হবে। কিন্তু..

তার কথার খেই ধরলেন নেতাজি।

- কিন্তু তুমিও জানো আর আমিও জানি যে কাজটা কতটা কঠিন। খড়ের গাদায় ছুঁচ খোঁজার সামিল। এই চার বড়ো শহরে কোটিরও বেশি মানুষের বাস। তাদের মধ্যে লুকিয়ে থাকা জঙ্গিদের খোঁজা..কি হে মুষড়ে পড়লে নাকি?

বিপ্লব- আমার কিছু মাথায় আসছে না স্যার। কিছুই কি করতে পারবো না?

স্মিত হাসলেন নেতাজি।

- তোমার কাছে তো আমি এমনি আসিনি বিপ্লব। তোমার নিষ্ঠা,তোমার দেশপ্রেম আমায় তোমার কাছে নিয়ে এসেছে। আজ তোমার ও দেশের এই বিপদে আমি কি চুপ করে বসে থাকতে পারি?

এই বলে চুপ করলেন নেতাজি। চোখ বন্ধ করে যেন কাউকে স্মরন করলেন। বিস্মিত বিপ্লব দেখলো ঘরে আবির্ভাব হলো আরও তিন মূর্তির। এসে দাঁড়ালো তারা নেতাজির পাশে।

- দ্যাখো তো বিপ্লব,চিনতে পারছো এদের?

হ্যাঁ,চিনতে পারছে এদের বিপ্লব। অগ্নিযুগের তিন অমর সেনানী যারা হাসতে হাসতে ফাঁসির দড়ি গলায় তুলে নিয়েছিল। দেশের সামনে রেখেছিল বলিদানের এক উজ্জ্বল দৃষ্টান্ত। ভগত সিং, সুখদেব ও রাজগুরু। তিনজনকে পাশে নিয়ে নেতাজি বললেন- বিপ্লব,তুমি চিন্তা করো না। সাধারন মানুষ যা পারে না সেটা আমরা পারি। ভারতকে এই বিপদ থেকে আমরা বাঁচাব। আজ এতো বছর পরে আবার দেশের জন্য আমরা কাজ করবো। সাম্রাজ্যবাদকে বুঝিয়ে দেব যে বিপ্লব কোনদিন মরে না। লং লিভ রেভোলিউশন।

চারজন সমস্বরে বলে উঠল- লং লিভ রেভোলিউশন।

সারারাত যে কিভাবে কেটে গেল বিপ্লব বুঝতেই পারলো না। কিভাবে এই বিপদ থেকে উদ্ধার পাওয়া যায় সেটা নিয়ে কিংবদন্তি বিপ্লবীদের সাথে আলোচনা করার সময় বার বার শিহরন জেগেছে বিপ্লবের মনে। ভোরবেলায় নেতাজি তাকে বলল- বিপ্লব, উপায় এখন একটাই। ওই চার জঙ্গিকে খুঁজে বার করা।

ভগত সিং বলল- আমার মনে হয় নেতাজি বিপ্লব যদি মিনিস্ট্রিকে এব্যাপারে কিছু না জানায় তাহলে সবথেকে ভালো হয়। কড়া ধরনের তল্লাশি না হলে জঙ্গিরা গর্ত থেকে বেরোতে পারে। তাহলে আমাদের পক্ষে ঘটনার আগেই তাদের ধরা সম্ভব।

নেতাজি- আমি ভগতের সাথে একমত।

বিপ্লব- সেটা আমার পক্ষে খুব ঝুঁকির হয়ে যাবে নেতাজি। সব জেনেও আমি যদি কাউকে না জানাই আর যদি ১৫ই আগষ্ট কিছু ঘটে যায় তাহলে..

এবার রাজগুরু বলে উঠলেন- বিপ্লব ভাই,তুমি কি আমাদের ক্ষমতা নিয়ে সন্দেহ প্রকাশ করছো?

বিপ্লব তাড়াতাড়ি মাথা নাড়তেই নেতাজি বললেন- আজ ১৩,তোমায় কথা দিচ্ছি আগামীকাল ১৪ই আগষ্ট আমরা ওদের ধরে ফেলব।

বিপ্লব দেখল যে ঘর থেকে চারজনেই অদৃশ্য হয়েছে। বাইরে দিনের আলো ফুটে উঠেছে। মানসিক চাপ ও সারারাত জাগার ফলে এই মুহুর্তে বিপ্লবের চোখ যেন বুজে আসছে। সোফায় গাটা এলিয়ে দিল সে। চোখ বন্ধ করে এই অদ্ভুত ঘটনা নিয়ে ভাবতে লাগলো সে। এও কি সম্ভব? সে কোন স্বপ্ন দেখছে না তো? তাই বা কি করে হয়!তার সম্পূর্ণ সজাগ অবস্থায় সব ঘটলো। আর ভাবতে পারেনা সে। আস্তে আস্তে ঘুমে তলিয়ে গেল সে।

১৪ই আগষ্ট...

নিউ দিল্লি...

বিপ্লবের বাসভবন...

সময়- রাত ৯টা..

নিজের ঘরের জানলা দিয়ে বাইরে তাকিয়ে ছিল বিপ্লব। প্রচন্ড টেনশন হচ্ছে তার।আর কয়েকঘন্টা বাদে কি হবে সে কিছুই বুঝতে পারছে না।গতকাল রাতেও তার ঘরে ওরা এসেছিল।জঙ্গিদের সন্ধান তারা পেয়েছে কিন্তু বিপ্লবকে তাদের খবর দেয়নি।সে বারবার জিজ্ঞেস করে নেতাজিকে কিন্তু তিনি বলেন যে এখনও সময় হয়নি।এখন বিপ্লবের চিন্তা হচ্ছে যে সময়টা কখন হবে! রাত পোহালেই স্বাধীনতা দিবস আর বিপ্লব এখনও যানে না যে পাকিস্তানের কালকের নাশকতার প্ল্যান বানচাল করা যাবে কিনা।যদিও নেতাজি ভগত সিং দের উপর তার পূর্ণ আস্থা আছে তবুও...

হঠাৎ চিন্তাসূত্র ছিন্ন হলো নেতাজির আওয়াজে।

- কি ব্যাপার বিপ্লব? কি ভাবছো এতো?

ঘুরে তাকালো বিপ্লব।নেতাজি, ভগত সিং, সুখদেব ও রাজগুরু.. সবাইকে দেখতে পেল সে।প্রত্যেকেই মুখে হাসি নিয়ে তাকিয়ে আছে তার দিকে।

এগিয়ে এল সুখদেব।

- ওয়ে বিপ্লব,বহুত মেহনত করনা পরা দুশমনো কো পাকড় নে মে।দেখ লে..সবাইকে নিয়ে এসেছি।

বিপ্লবকে নিয়ে পাশের কামরায় এলেন নেতাজি।বিপ্লব অবাক হয়ে দেখলো যে চারজন লোক হাত পা মুখ বাঁধা অজ্ঞান অবস্থায় ওই ঘরে পড়ে আছে। পাশে চারখানা ব্যাগও রয়েছে। সেগুলোর দিকে নির্দেশ করে নেতাজি বললেন- ওই ব্যাগগুলো ভয়ংকর। প্রত্যেকটা ব্যাগে প্রচুর বিস্ফোরক আছে।

সব দেখে চোখ ছানাবড়া হয়ে গেল বিপ্লবের।ব্যাগগুলো দেখে কথা বন্ধ হয়ে গেল তার।একবার লোকগুলোর দিকে আর একবার নেতাজিদের দিকে তাকাতে লাগলো।

- এদের নিয়ে আমি এখন কি করবো নেতাজি? জঙ্গি,ব্যাগ ভরা বিস্ফোরক..

গভীরভাবে চিন্তা করতে লাগলেন নেতাজি। রাজগুরু বলে উঠলেন- করনা কেয়া হ্যায়! নেতাজি হাম এক এক ব্যাগ উঠা লেতে হে অউর পাকিস্তান মে যাকে ব্যাগ ফেক কে আতে হে,বাস।মামলা খতম।

হাত তুলে তাকে থামালেন নেতাজি।

- না না রাজগুরু। এইরকম করলে ভারত সরকারের উপর অনেক চাপ আসবে। বিপদ আসবে।

কথাটা বলেই ঘুরে দাঁড়ালেন নেতাজি। তাকালেন ভগতের দিকে। মুখে রহস্যময় হাসি।

- তবে রাজগুরুর ইচ্ছাও অপূর্ণ থাকবে না। বিস্ফোরণ হবে। তবে আমরা মানে ভারত করবে না।

গোটা ব্যাপারটা ঠিক বুঝতে পারলো না বিপ্লব। জিজ্ঞাসু দৃষ্টিতে তাকালো নেতাজির দিকে।

- আপনারা ঠিক কি করতে চাইছেন বলুনতো?

বিপ্লবের কথা অগ্রাহ্য করে নেতাজি বললেন- মহাভারত পড়েছ তো ভগত?

ভগত- জী,নেতাজি।

নেতাজি- মহাভারতে একটা অস্ত্রের উল্লেখ আছে। ত্বাস্ত্র,যেটা মারলে শত্রুরা মাথা গুলিয়ে সেমসাইড করে বসতো।

ভগত- জী,নেতাজি। কিন্তু সেই অস্ত্র এখন..

নেতাজি- অস্ত্র নয় ভগত। এখন লাগবে একজন ব্যক্তিকে আর আমি জানি কাকে এখন লাগবে।

ঘরের মাঝখানে চলে এলেন নেতাজি।

- আমি এখন যাকে ডাকবো তার মতো গুনী ব্যক্তি ভারতবর্ষে খুব কমই জন্মেছেন। এক প্রাচীন ভারতীয় বিদ্যাকে তিনি নিয়ে গিয়েছিলেন শিল্পের পর্যায়ে। শুধু ভারত নয়,সমগ্র বিশ্ব তার এই বিদ্যা এবং তাকে সমীহ ও শ্রদ্ধা করে। তার সাহায্য ব্যতীত আমাদের মিশন কমপ্লিট হবে না। আমাদের এই সেনাদল অসম্পূর্ণ তাকে ছাড়া। তিনি এলেই সম্পূর্ণ হবে আমাদের ফাইভ মেন আর্মি।

কিছুক্ষণের মধ্যেই নেতাজির আহ্বানে সাড়া দিয়ে যিনি আবির্ভূত হলেন তাকে দেখে প্রথমে ঠিক চিনতে পারলো না বিপ্লব। অবশ্য পরক্ষনেই নেতাজির সম্বোধনে তার এক লহমায় মনে পড়ে গেল সেই ব্যক্তির পরিচয়। কিন্তু বিপ্লব ভেবে পেল না যে নেতাজি ভগতদের সাথে ইনি কি করবেন। ইনি তো সেই অর্থে বিপ্লবীও ছিলেন না। এই মুহূর্তে পাঁচজনে পরামর্শে ব্যস্ত। তাদের কথা বিপ্লবের কানে আসছে না কারন তারা অত্যন্ত গোপনে কথা বলছে যদিও এই মুহূর্তে বিপ্লব নিশ্চিন্ত বোধ করছে। শত্রু দেশের এক বিরাট নাশকতা বানচাল হয়ে গেছে। কাল দেশবাসী আনন্দে মেতে উঠবে। কোন রকম

রক্তপাত ক্ষয়ক্ষতি ছাড়া কাজ সম্পন্ন হয়েছে এই মহান বিপ্লবীদের দ্বারা।

নেতাজির ভরাট কন্ঠস্বরে চমকে উঠলো বিপ্লব।

- বিপ্লব,আমাদের মিশন সম্পূর্ণ করার সময় হয়েছে। আমরা পাশের ঘরে যাচ্ছি। তোমায় অনুরোধ যে আমরা না বলা অবধি তুমি ওই ঘরে আসবে না।

কথাটা শেষ করে পাঁচজনে ঢুকে গেল জঙ্গিদের ঘরে। বিপ্লব ড্রয়িংরুমে বসে অপেক্ষা করতে লাগলো। প্রায় ভোররাতের দিকে ওরা পাঁচজন বেরিয়ে এলো ঘর থেকে। এসে বসলো বিপ্লবের পাশে।

বিপ্লব পাঁচজনকেই আপাদমস্তক দেখল। প্রত্যেককে যথেষ্ট খুশী ও তৃপ্ত দেখাচ্ছে। বিপ্লব অধৈর্য্য হয়ে বলল- কি ব্যাপার বলুন তো? ওই জঙ্গিদের কি হলো? ওরা কি এখনও ওই ঘরেই রয়েছে? আর বিস্ফোরক গুলো..

হাত তুলে তাকে থামিয়ে নেতাজি বললেন-

আমাদের উপর এতটা ভরসা করেছো আর তাতে নিশ্চয়ই ঠকোনি। আর একটু অপেক্ষা করো বিপ্লব। ভারত এখন বিপদমুক্ত। আর কিছুক্ষণ পরেই দিনের আলো বেরোবে। স্বাধীনতা দিবসের আলো। শুধু ততক্ষণ অপেক্ষা করো।

১৫ই আগষ্ট...

সময়- সকাল ৭টা।

আরও কিছুক্ষণ পরে সূর্য উঠল রাজধানীর বুকে। দিনের আলোয় উদ্ভাসিত হয়ে উঠল চারিদিক। তখন নেতাজি বিপ্লবকে বললেন - বিপ্লব,একবার টিভিতে নিউজ চ্যানেলটা চালাও। দেখি স্বাধীনতা দিবসের খবর।

বিপ্লব উঠে নিউজ চালাতেই চমকে উঠল। টিভিতে তখন প্রত্যেকটা চ্যানেলে দেখানো হচ্ছে ব্রেকিং নিউজ।

" বিশ্বস্ত সূত্রে পাওয়া খবর অনুযায়ী গতকাল অর্থাৎ ১৪ই আগষ্ট ভোররাতে পাকিস্তান বর্ডারের ভিতর বেশ কয়েকটি জঙ্গি ঘাঁটিতে আত্মঘাতী বোমা বিস্ফোরনে প্রায় ২৫০০ পাকিস্তানি জঙ্গি ও ১৫০ রও বেশি পাকিস্তানি সেনার মৃত্যু হয়েছে। সূত্র এটাও জানিয়েছে যে আত্মঘাতী মেম্বাররাও সকলেই পাকিস্তানের বাসিন্দা ও জঙ্গি কার্যকলাপের সঙ্গে যুক্ত ছিল। ঘটনাস্থলে ছিন্নভিন্ন দেহাংশের সাথে পাকিস্তানি পাসপোর্ট এই ঘটনার সত্যতা প্রমান করে। বিশ্বস্ত সূত্রে এটাও জানা গেছে যে খইশ-ই-মহম্মদ সংগঠনের প্রধান মাসুদ মাজহার এবং পাকিস্তান আর্মির কমান্ডার ইন চীফ জাফর দুরানিও

এই বিস্ফোরনে মারা গেছে। যদিও আর্মি চীফ জঙ্গি ঘাঁটিতে কোন কার্যে ব্যস্ত ছিলেন তা জানা যায়নি। গোটা ঘটনায় পাকিস্তান সরকারের কোন প্রতিক্রিয়া এখনও জানা যায়নি তবে এটা সত্যিই আশ্চর্যের যে তাদেরই দেশের প্রশিক্ষনাধীন জঙ্গিরা এইরকম কান্ড কেন ঘটালো সেটার কোন ব্যাখ্যা এখনও পাওয়া যাচ্ছে না।"

খবরটার দিকে হাঁ করে তাকিয়ে ছিল বিপ্লব। এদিকে নেতাজি সহ পাঁচজন আনন্দে মেতে উঠেছে। তাদের দিকে তাকিয়ে বিপ্লব বলল - প্লিজ আমাকে কেউ একটু বলুন যে এইরকম ঘটনা কি করে সম্ভব হলো? আমি তো কিছুই বুঝতে পারছি না।

নেতাজি এগিয়ে এলেন বিপ্লবের সামনে।

- বিপ্লব, জঙ্গিদেরকে বন্দী করে এনে আমাদের মিশন অর্ধেক পূরন হয়েছিল। বাকি কাজ অর্থাৎ আক্রমণটা শত্রুদের ফিরিয়ে দেওয়া সেটার পিছনে সিংহভাগ কৃতিত্ব কিন্তু এনার। আসুন মিঃ সরকার। বিপ্লবের সাথে আপনার আলাপ করিয়ে দি।

এগিয়ে এলেন নেতাজির ফাইভ মেন আর্মির পঞ্চম সদস্য প্রবাদপ্রতিম জাদুগর পি সি সরকার (সিনিয়র)।

- স্বয়ং নেতাজি আমায় স্মরন করলে আমি কি আর না এসে থাকতে পারি!ওনার মুখে সব শুনে দেশসেবার এই সামান্য সুযোগ আমি ছাড়তে চাইনি। ভারতমাতার নামে শপথ নিয়ে বলছি যে আজ আমার এই ছোট্ট জাদু দেখিয়ে যে আনন্দ ও তৃপ্তি পেয়েছি, আর কখনও পাইনি এমনকি বিদেশে বড়ো বড়ো শো দেখানোর পরেও বিদেশি দর্শকদের সমবেত অভিবাদনও আমায় এতো তৃপ্তি দিত না।

বিপ্লব- কিন্তু স্যার,কি করেছেন আপনি?

পি সি সরকার (সিনিয়র) এবার বিপ্লবের সামনে তার দুটো হাত ম্যাজিকের ভঙ্গিমায় তুলে বললেন - সন্মোহন বা হিপনোটিজম। তুমি হয়তো জানো বা শুনে থাকবে যে এই বিদ্যায় সারা পৃথিবীতে আমার সমকক্ষ লোক খুব কমই ছিল। ওই চার জঙ্গিকে হিপনোটাইজ করে আমি তাদের ঘাঁটিগুলোর সন্ধান বার করি। তারপর...

বিপ্লব- তারপর?

সারা মুখ হাসিতে ভরিয়ে জাদুসম্রাট বললেন - তারপর তো খুব সোজা। তাদেরকে হিপনোটাইজ করে পাঠিয়ে দি তাদের ঘাঁটিগুলোয়। তাদের মস্তিস্ক ছিল সম্পূর্ন রূপে আমার নিয়ন্ত্রনে। হিপনোটাইজড জঙ্গিরা আমারই

নির্দেশে আত্মঘাতী বিস্ফোরনে ধ্বংস করে সব। অবশ্য জঙ্গিদের রেখে আসার কাজটা করে ভগত সিং, সুখদেব ও রাজগুরু আর এই পুরো পরিকল্পনার নায়ক নেতাজি।

পুরো ঘটনা শুনে হতবাক হয়ে যায় বিপ্লব। তার দিকে তাকিয়ে স্মিত হেসে নেতাজি বলেন- আমাদের কাজ শেষ হয়েছে বিপ্লব। এবার আমাদের বিদায় নেবার পালা।

পাঁচজনের দিকে তাকিয়ে হাতজোড় করে তাকিয়ে বিপ্লব যখন কথা বলল তখন তার চোখে জল।

- ভারতবাসীর জন্য আবার আপনারা যা করলেন কেউ তার ঋন শোধ করতে পারবে না। হয়তো এই ঘটনার কথা কেউ জানবে না। হয়তো অবিশ্বাস করবে কিন্তু আমি অন্তত আজ থেকে এটা ভেবে শান্তিতে থাকবো যে ভারতের অমর সেনানীরা যতদিন আছে ভারতের ক্ষতি কেউ করতে পারবে না।

আস্তে আস্তে বিপ্লবের হাত উঠে এলো মাথার পাশে স্যালুটের ভঙ্গিতে।

উল্টোদিকে দাঁড়ানো পাঁচ সেনানীও স্যালুট করে বলে উঠল- বিপ্লব দীর্ঘজীবি হোক। জয় হিন্দ।

আস্তে আস্তে মিলিয়ে গেল তারা। ফাঁকা ঘরে দাঁড়িয়ে বিপ্লবের মুখ থেকেও নিঃসৃত হলো সেই বানী....

জয় হিন্দ।

গল্প- নর্মদার প্রতিশোধ।

লাইব্রেরী থেকে বেরিয়ে আকাশের দিকে তাকিয়ে প্রমাদ গুনলেন ফাদার জেমস। একটু আগেই লাইব্রেরীতে ঢোকার সময় আকাশ ছিল পরিস্কার। আর এখন ঘন কালো মেঘে আকাশ ছেয়ে গেছে। বিকেল চারটের সময় মনে হচ্ছে যেন সন্ধ্যা নেমে গেছে। মাঝে মাঝেই বিদ্যুত ঝিলিক দিচ্ছে। আবহাওয়ার এই আচমকা পটপরিবর্তনে একটু অবাকই হলেন ফাদার জেমস। আগে আভাস পেলে ছাতাটা নিয়েই বেরোতেন কিন্তু এখন চার্চে তাড়াতাড়ি ফিরতে হবে। যে কোন মুহূর্তে আকাশ ভেঙে বৃষ্টি নামবে। দ্রুত পা চালালেন চার্চের দিকে। বেশ একটু গরম লাগছে ফাদারের। বিন্দু বিন্দু ঘাম তার কপালে জমা হয়েছে। আসলে বাতাস পুরো স্তব্ধ হয়ে রয়েছে। যেন আগাম ঝড়ের অশনিসংকেত। পাকা সড়ক ছেড়ে গ্রামের কাঁচা পাকদন্ডী ধরলেন ফাদার জেমস।

আজ ত্রিশ বছর এই নসীপুর গ্রামের একমাত্র চার্চের ফাদার হলেন জেমস ম্যাকলয়েন। গ্রামটি বাংলা বিহার সীমান্তে অবস্থিত হলেও গ্রামে মিশ্র

ভাষাভাষী মানুষের বাস সেই ইংরেজ আমল থেকে। হিন্দু মুসলমান এর পাশাপাশি বেশ কিছু খ্রীস্টান ধর্মাবলম্বী মানুষও বাস করেন বহু বছর ধরে। স্থানীয় মানুষদের মতো তারাও স্থানীয় ভাষাতেই অভ্যস্ত হয়ে গেছে আজ বহুদিন। তাই মন্দির মসজিদের পাশে একটি চার্চ ও এখানে দীর্ঘদিন শোভা পাচ্ছে। শান্তিতে বসবাস করা গ্রামের মানুষরা শান্ত স্বভাবের ফাদার জেমসকে যথেষ্ট ভালোবাসেন ও শ্রদ্ধা করেন।আজ কালো হয়ে আসা আকাশের দিকে বারবার তাকাতে তাকাতে ফাদার জেমস ভাবছিলেন যে নতুন কোন প্রাকৃতিক দূর্যোগ যেন এই গ্রামের উপর না আসে। এখন ধান কাটার সময়। জোরালো বৃষ্টি সেটার যথেষ্ট ক্ষতি করতে পারে।

এরমধ্যে দুএক ফোঁটা করে বৃষ্টি শুরু হয়ে গেছে। পাকদন্ডী ছেড়ে সামনের মাঠে নেমে পড়লেন ফাদার।মাঠটা পেরোলেই চার্চ।সবে মাঠটা কিছুটা পেরিয়েছেন এমন সময় হঠাৎ একটা আওয়াজে চমকে আকাশের দিকে চাইলেন ফাদার।

ফাদার দেখলেন যে তার মাথার ঠিক উপরেই আকাশের এক জায়গায় সবটুকু কালো মেঘ যেন এসে জড়ো হয়েছে আর সেখানে এক অদ্ভুত আলো আঁধারের খেলা চলছে। মেঘগুলো যেন একটা অবয়ব নেবার চেষ্টা করছে। বেশ জোড়ে শুরু হওয়া বৃষ্টি উপেক্ষা করে ফাদার তাকিয়ে রইলেন সেই দিকে।ধীরে ধীরে সেই কালো মেঘ একটা মানুষের মুখের আকৃতি নিয়ে নিল আর সেই মুখের অবয়ব দেখে অস্ফুটে আর্তনাদ করে উঠলেন ফাদার।মেঘরূপী সেই অবয়ব ধীরে ধীরে ভয়ংকর চেহারা নিল।ভয়ংকর মুখব্যাদান করে গর্জন করে উঠল যেন ফাদারের দিকে তাকিয়ে। ভয়ে আতঙ্কে দিশাহারা ফাদার দৌড়াতে গেলেন কিন্তু দারুন বিস্ময়ে দেখলেন যে এক পাও তিনি এগোতে পারছেন না।কোন এক অদৃশ্য শক্তি যেন তার চারিপাশে এক দেয়াল উঠিয়ে দিয়েছে। অসহায় ফাদার দেখলেন সেই বীভৎস মেঘাকৃতি অবয়ব যেন দারুণ ক্রোধে হাঁ করে উঠল আর তার মুখের থেকে এক আলোর ঝলকানি বেরিয়ে এল সোজা ফাদারের বুক লক্ষ্য করে।

বাজ পড়ার একটা কানফাটানো আওয়াজে চারপাশ যেন কেঁপে উঠল।আলোর ঝলকানি তীরের মতো এসে আঘাত করলো ফাদারের বুকে।এফোঁড় ওফোঁড় করে দিল বুকটা।চামড়া ও মাংস পোড়ার গন্ধ ছড়িয়ে পড়ল চারদিকে। প্রবল বৃষ্টির মধ্যে বাতাসে ভেসে উঠল হাড়হিম করা পৈশাচিক অট্টহাসি। তৎক্ষনাৎ মৃত্যুমুখে পতিত হলেন ফাদার জেমস।প্রবল বৃষ্টিতে নিজেদের ঘরের মধ্যে থাকা গ্রামবাসীরা শুধু সেই পৈশাচিক হাসির

আওয়াজ পেল ঠিকই কিন্তু জানতে পারলো না যে মাঠের মধ্যে মৃত অবস্থায় পড়ে রইলো ফাদার।

আশ্চর্যের ব্যাপার যে ফাদারের মৃত্যুর পরেই বন্ধ হয়ে গেল সেই ভয়ানক দূর্যোগ।

পরেরদিন পুরো এলাকায় এক চান্চল্যকর পরিস্থিতির উদ্ভব হলো। জনান্তিকে খবর পেয়ে সারা গ্রামের লোক জড়ো হলো সেই মাঠে। ইতিমধ্যে পুলিশও এসে গোটা জায়গাটা ঘিরে ফেলেছে। ফাদার জেমসকে মৃত দেখে গ্রামের বেশীরভাগ লোক চোখের জল সামলাতে পারলো না। দু হাত পা ছড়িয়ে মাঠে পড়ে আছেন ফাদার। বুকের বাঁ দিকে গভীর ক্ষতচিন্হ। যেন আগুনের কোন গোলার আঘাতে বিদীর্ণ হয়েছে ফাদারের স্নেহ পরবশ হৃদয়। কিন্তু দু চোখে চরম আতঙ্কের ছবি। পুলিশের লোক ফাদারের মৃতদেহ ময়নাতদন্তের জন্য নিয়ে গেল যদিও পুলিশের প্রাথমিক অনুমান যে বজ্রপাতের ফলেই ফাদারের মৃত্যু হয়েছে কিন্তু গ্রামের লোকজন এটা বুঝতে পারলো না যে দূর্যোগের সময় শুধু মাঠেই একটা বাজ পড়লো কেন আর সেই ভয়ংকর হাসিটাই বা কার ছিল..

বেশ কিছুদিন কেটে গেছে ফাদার জেমসের আকস্মিক অপমৃত্যুর পর। প্রাথমিক শোক কাটিয়ে গ্রামের লোকজন আবার অভ্যস্ত জীবনে ফেরার চেষ্টা করছে। তবে ফাদারের মৃত্যুর শোক এখনও কাটিয়ে উঠতে পারেনি প্রবীন মৌলবী উসমান হোসেন। দুজন আলাদা ধর্মের পতাকা বহন করলেও পারস্পরিক হৃদ্যতা যথেষ্ট ছিল তাদের মধ্যে। যদিও দুজন শুধু নয়,তাদের সাথে আরও একজন ছিল সাম্প্রদায়িক সম্প্রীতির চূড়ান্ত নির্দশন হিসাবে আর তিনি হলেন গ্রামের পোড়ো শিবমন্দিরের বংশানুক্রমিক পুরোহিত অমল ভট্টাচার্য মশাই। নিজেদের পারস্পরিক সুখ দুঃখের আদানপ্রদান ছাড়াও এদের আরও একটা বিশেষ বৈশিষ্ট্য ছিল আর তা হলো গ্রামের যে কোন আপদ বিপদে একত্রিত হয়ে মোকাবিলা করা। তাদের একতায় উদ্বুদ্ধ হয়ে গ্রামের লোকেরাও জোট বেঁধে সব কাজে একজোটে এগিয়ে আসত। আশেপাশের অন্য সীমান্তবর্তী গ্রামের কাছে নসীপুর আদর্শ ও ঈর্ষার পাত্র ছিল।

নিজের বাড়ির বারান্দায় চুপ করে বসেছিলেন উসমান হোসেন। মনটা অস্থির হয়ে আছে। জেমসের এইভাবে মৃত্যু কিছুতেই মানতে পারছেন না। মৃত্যুকালে জেমসের ওই নিদারুণ আতঙ্ক ভরা চোখের চাহনি কিছুতেই ভুলতে পারছেন না। কেন যেন এই ঘটনার পর থেকেই উসমানের মনে একটা কু-ডাক ডাকছে। রক্তজল করা সেই পৈশাচিক অট্টহাসি তার কানেও গিয়েছিল

সেদিন। ও কার হাসি ছিল! নতুন কোন দৈব দুর্বিপাক কি ঘনিয়ে আসছে গ্রামের উপর।

নাঃ,নিজেকে নিয়ে ভাবেন না উসমান। জেমসের কোন পরিবার না থাকলেও তার আছে। পুরোহিত অমলের আছে। গ্রামের আর পাঁচজনের আছে। কোন বিপদ এলে তখন কি হবে!

বারান্দা থেকে উঠে পড়লেন উসমান। সন্ধ্যা নামাজের সময় হয়ে এসছে। নামাজ শেষ করে একবার পুরোহিত মশাই এর সাথে দেখা করতে হবে। আবহাওয়াটা ঠিক ভালো লাগছে না তার। কিরকম যেন থম মেরে রয়েছে চারিদিক।

পুরোহিত অমল ভট্টাচার্য এর মনের অবস্থা অনেকটাই উসমানের মতো। মনটা অকারনেই কেমন যেন অস্থির হয়ে আছে। নিজের পরিবারের সাথে বেশ কিছুক্ষণ গল্পগুজব করে একটু হালকা হবার চেষ্টা করলেন তিনি, তারপর সন্ধ্যা আন্হিক শেষ করে ঠাকুরঘর থেকে বেরোতেই উসমান এসে হাজির হলেন।

উসমান ও অমল বেশ কিছুক্ষণ নিজেদের মধ্যে আলাপচারিতা করলেন।

-পুরোহিত মশাই জেমসের মৃতদেহ আপনি দেখেছেন তো?

- হ্যাঁ উসমান সাহেব, সেইজন্যেই তো ভাবছি যে সত্যিই কি জেমস বাজ পড়ে মারা গেছে নাকি...

-আপনিও তাহলে আমার মতো সন্দেহগ্রস্ত যে জেমসের মৃত্যু...

- জেমসের চোখের দৃষ্টি লক্ষ্য করেছিলেন উসমান ভাই? ওইরকম ভয় আর আতঙ্কভরা দৃষ্টি দেখে একটা কথাই মনে হয়।

- কি কথা?

- অপার্থিব অথবা অতিপ্রাকৃত কিছু দেখেছিল জেমস।

- একদম ঠিক বলেছেন আপনি আর আমার মনে হয় সেটা কি আপনি আর আমি দুজনেই হয়তো অনুমান করতে পারছি।

চমকে উঠলেন পুরোহিতমশাই উসমানের কথা শুনে। তাহলে তার ভাবনার সাথে মিলে যাচ্ছে উসমানের ভাবনা আর তা যদি সত্যি হয় তাহলে জেমসের মৃত্যুতে ঘটনাপরম্পরা শেষ হয়নি বরং শুরু হয়েছে বলা যায়। হত্যালীলা আরও হবে আর তাতে তার এবং উসমান দুজনেরই প্রান সংশয় রয়েছে।

ভয়ে এবং ভাবনায় অস্থির হয়ে উঠলেন পুরোহিত মশাই।

- আপনি কি নর্মদার ঘটনাটার কথা বলতে চাইছেন উসমান ভাই।

- বলতে চাইছি না, আমার দৃঢ় বিশ্বাস যে ওই ঘটনার সাথে জেমসের মৃত্যুর যোগাযোগ আছে।

- কি করে আপনি এতটা নিশ্চিত হচ্ছেন?

- এক যুগ সময় বছরের হিসাবে কত পুরোহিত মশাই?

- কেন? বারো বছর। কিন্তু হঠাৎ এক যুগের কথা.....

হঠাৎ স্তব্ধ হয়ে গেলেন পুরোহিত মশাই। সত্যিই তো বারো বছর পার হয়ে গেছে এক কলঙ্কিত অভিশপ্ত অধ্যায়ের। যে কলঙ্কের ভাগীদার শুধু জেমস ছিলেন না,তিনি এবং উসমান ও তার সমান ভাগীদার ছিলেন। এক ধূর্ত প্রতারক লম্পট এর শয়তানিতে তারা বিভ্রান্ত হয়েছিলেন। মাথা নীচু করে চুপ হয়ে রইলেন তিনি।

- চলি পুরোহিতমশাই,রাত হলো। অত চিন্তা করবেন না। আল্লার দোয়ায় নিশ্চয় সবার মঙ্গল হবে।

নিজের ছোট্ট টর্চটা জ্বেলে আস্তে আস্তে পুরোহিতের দৃষ্টিসীমার বাইরে চলে গেলেন উসমান। আর বারান্দায় বসা পুরোহিত অমল ভট্টাচার্যের কানে তখনও যেন প্রতিধ্বনিত হচ্ছে বারো বছর আগের কারো বলা কিছু কথা...

আমি আসব ফিরে ঠাকুরমশাই। আমি আসব। ফাদার জেমস আপনিও শুনুন আমি আসব। কিন্তু আসব আমি কাল হয়ে। বারো বছরের মাত্র অপেক্ষা। তারপর আমি আসব। নিশ্চিত মৃত্যু হয়ে আসব। শেষ করে দেব আমার অনিষ্টকারীদের। আপনারাও বাদ যাবেন না। মৃত্যুর ভয়ানক ছায়া হয়ে বারোটা বছর পরে আমি আসব......

পুরোহিতের বাড়ি থেকে বেরিয়ে বিষন্ন মনে পথ চলছিলেন উসমান সাহেব। তার মনেও বারো বছর আগে ঘটে যাওয়া এক ঘটনার ছায়া রেখাপাত করছে। পুরোহিতের বাড়ি থেকে তার নিজের বাড়ি আসার পথে একটা আধা জঙ্গল আধা গাছ গাছালি ভরা রাস্তা পেরোতে হয় উসমানকে। সোজা রাস্তা দিয়েও যাওয়া যায় তবে জঙ্গল দিয়ে গেলে সময় কম লাগে বলে উসমান সেই রাস্তাই ধরল। এমনিতে সাপ খোপের উপদ্রপ ছাড়া সেরকম কোন ভয় নেই আর উসমানের সাথে টর্চ তো আছেই।

বেশ রাত হয়ে যাওয়ায় জঙ্গলের রাস্তায় ঢুকে দ্রুত পা চালালেন উসমান আলি। কিছুটা রাস্তা আসার পর একটা অস্বস্তি তার মধ্যে কাজ করতে লাগল। কেউ কি তার পিছনে আসছে? ঝটিতি পিছন ঘুরে দেখলেন তিনি কিন্তু গাছ গাছালি ছাড়া কিছু চোখে পড়ল না। আবার একটু এগোতেই নিজের ঘাড়ের কাছে কারও যেন নিঃশ্বাসের আওয়াজ পেলেন। থমকে দাঁড়িয়ে

পড়লেন তিনি। টর্চের আলো চারিদিকে ঘোরালেন কিন্তু কিছুই পেলেন না। নিজের মনের ভুল ভেবে এগোতে গিয়ে দেখলেন যে তিনি যেন আর এক পাও এগোতে পারছেন না। পা দুটো অসম্ভব ভারী লাগছে। কানের কাছে যেন কারও ফিসফিসানি শুনতে পেলেন উসমান। না চাইতেও ভয়ের একটা চোরাস্রোত উসমানের শিরদাঁড়া দিয়ে যেন বয়ে গেল।

আবার পিছন ফিরলেন উসমান। কিন্তু কোথাও কিছুই নেই। পকেট থেকে তাবিজের মালা বের করে আল্লার নাম জপতে জপতে এগোলেন তিনি কিন্তু কয়েক পা এগিয়েই জমে গেলেন একেবারে।

তার থেকে কয়েক হাত দূরে একটা অস্পষ্ট ছায়ামূর্তি দাঁড়িয়ে রয়েছে। অবয়বটা পরিস্কার বুঝতে পারছেন না উসমান সাহেব কিন্তু সেটা যে কোন মানুষের মূর্তি নয় সেটা ভালোভাবেই বুঝতে পারলেন। সাধারন মানুষের আকারের চেয়ে অনেক বড়ো সেই অবয়ব। হাতের টর্চটা জ্বেলে তার উপর আলো ফেলতে গেলেন তিনি কিন্তু টর্চ জ্বলল না। উসমান সাহেব সবিস্ময়ে দেখলেন যে তার চারপাশের পরিবেশটা আস্তে আস্তে বদলে যাচ্ছে। নিস্তব্ধ শান্ত সেই বনে হঠাৎ যেন গাছগুলির মধ্যে একটা আন্দোলন শুরু হয়েছে। ভীষণ জোরে বাতাস বইতে শুরু করেছে। বাতাস এতটাই ঠান্ডা যে উসমান সাহেব কাঁপতে শুরু করেছেন। সেই অস্পষ্ট অবয়ব ধীরে ধীরে এগিয়ে আসছে তার দিকে যেন হাওয়ায় ভর করে। নিজের জায়গা থেকে একচুল নড়তে পারছেন না উসমান আলি। অসহায়ের মতো চারিদিকে তাকালেন তিনি। চিৎকার করে ডাকতে চাইলেন কাউকে কিন্তু গলা দিয়ে কোন আওয়াজ বেরোল না। শুধু এক অবোধ্য গোঙানির মতো আওয়াজ হলো। একদম তার কাছে এসে সেই অবয়ব যখন দাঁড়ালো তখন উসমান তার মুখের দিকে তাকিয়ে চমকে উঠলেন। তার খুব চেনা সেই মুখে তখন রাজ্যের জীঘাংসা আর ক্রোধ জমা হয়েছে। তার বরফ ঠান্ডা নিঃশ্বাসের হাওয়া নিজের মুখে অনুভব করলেন উসমান। প্রচন্ড হাওয়ায় তখন গাছের ডালগুলো তখন উথালিপাতালি অবস্থা। আতঙ্কভরা দৃষ্টি নিয়ে উসমান দেখলেন যে একটা গাছের সূঁচালো ডাল গাছ থেকে ভেঙে তীব্র ভাবে তার সামনে থেকে ছুটে আসছে। সেই ডালের টুকরো উসমানের সামনে দাঁড়ানো অবয়বকে ভেদ করে এসে উসমানকে এফোঁড় ওফোঁড় করে দিল। মৃত্যু যন্ত্রণায় চিৎকার করে ছিটকে পড়লেন উসমান। রক্তে ভেসে গেল চারিদিক। পৈশাচিক অট্টহাসি হেসে অদৃশ্য হল সেই অবয়ব। আগের মতো শান্ত হয়ে গেল চারদিকের পরিবেশ।

ফাদার জেমসের পর মৌলবী উসমান...দু দুটো অপঘাত মৃত্যুর পর নসীপুর গ্রামের বাসিন্দাদের মানসিক অবস্থা শোচনীয় পর্যায়ে পৌঁছে গেল।

পুলিশ উসমানের মৃত্যুর সঠিক কোন কিনারা করতে পারেনি। ঝড় বা ঐ জাতীয় কোন প্রাকৃতিক বির্পযয় আখ্যা দিয়ে তারা তাদের কর্তব্য শেষ করেছে। কিন্তু গ্রামবাসীরা অতিশয় ভীত ও আতঙ্কিত হয়ে পড়েছে। গ্রামের মোড়ল বিজয় সামন্ত এর উপস্থিতিতে এক সভাও ডাকা হয়। কিন্তু বিশেষ কোন সমাধান তা থেকে বেরিয়ে আসে না। ভুত ও অপদেবতাদের গ্রামে আর্বিভাব নিয়ে অনেক আলোচনা হলেও সঠিক কোন ইঙ্গিত বা সূত্র বেরোল না। সভা শেষে ম্লান মুখে সবাই নিজের বাড়ির পথ ধরলেও পুরোহিত অমল ভট্টাচার্য বিজয়বাবুর সঙ্গ নিলেন।

- কি ব্যাপার ঠাকুরমশাই! কিছু বলবেন?

- আজ্ঞে বিজয়বাবু,দু দুটো নির্মম মৃত্যু হয়ে গেল। আপনি কি কিছু অনুমান করতে পারছেন?

- না,আমি তো কিছুই বুঝতে পারছি না।

গলাটা একটু খাঁকড়িয়ে নিয়ে পুরোহিত মশাই বললেন-

আমার একটু সন্দেহ হচ্ছে। যদি অভয় দেন তাহলে বলি।

- বলুন।

- দুটো মৃত্যুই আপাতদৃষ্টিতে বাজ পড়া বা ঝড়ে গাছের ডাল ভেঙে পড়া... যাই বলা হোক কিন্তু একটা বিষয় কি খেয়াল করেছেন যে বাজ বা ঝড় শুধুমাত্র দুজনের মৃত্যুর স্থানেই ঘটেছে। সারা গ্রামে আর কোথাও ঘটেনি। আর সেই ভয়ংকর হাসি,সেটাও তো দুবার ওদের মৃত্যুর সময়ই শোনা গেছে।

- ভনিতা না করে আপনি পরিস্কার করে বলুন ঠাকুরমশাই।

- আজ্ঞে আমার মনে হয় সে ফিরে এসেছে। বারো বছর বাদে ফিরে এসেছে হিসাব নিতে।

অবাক হয়ে ঠাকুরমশাই এর দিকে তাকালেন বিজয়বাবু।

- কে ফিরে এসেছে? কিসের হিসাব?

আমতাআমতা করে ঠাকুরমশাই বললেন- আজ্ঞে নর্মদার কথা বলছি।

গর্জে উঠলেন বিজয় সামন্ত।

- ঠাকুরমশাই! কি সব আবোলতাবোল বলছেন!

- আবোলতাবোল নয় বিজয়বাবু। সে নিশ্চিত ফিরে এসেছে কিন্তু মনুষ্যরূপে নয় কারন সেটা সম্ভব নয়। ফিরে এসেছে অতিপ্রাকৃত শক্তির

অধিকারী হয়ে।

আবার ধমকে উঠলেন বিজয়বাবু- চুপ করুন আপনি। যে লোকটা বারো বছর আগে নিজের হাতে নিজের গায়ে আগুন লাগিয়ে আত্মহত্যা করেছে, আপনি বলছেন সে আবার ফিরে এসেছে ভুত হয়ে! হাঃ হাঃ হাঃ হাঃ।

- আমি নিশ্চিত বিজয়বাবু।যে অন্যায় তার সাথে হয়েছিল তার প্রতিশোধ নিতেই সে এসেছে। যে অন্যায়ের সাথে জেমস, উসমান,আমি, আপনি সবাই জড়িয়ে ছিলাম।

-তাই নর্মদা এসেছে তার বদলা নিতে?

- ঠিক বিজয়বাবু। তাই তো প্রথমে জেমস তারপর উসমান। আর এবার আমার আর আপনার পালা। তাই আমি বলছিলাম....

- চুপ করুন আপনি। একদম চুপ।এইসব অবান্তর কথা আমি আর একটাও শুনতে চাইনা।আমি আজই পুলিশকে বলব যে তারা যেন দুটো মৃত্যুর ঠিকঠাক তদন্ত করে আর আপনাকে আমি হুঁশিয়ার করছি যে গ্রামে যদি থাকতে চান তো এইসব অবান্তর কথা কাউকে চাউর করবেন না। এখন আপনি যান।

বিষন্ন মুখে বিদায় নেবার জন্য প্রস্তুত হলেন পুরোহিতমশাই।

- আমি আমাদের দুজনের ভালোর জন্যই বলছিলাম। সামনে ভয়ংকর বিপদ আমার আপনার দুজনেরই। একটু ভেবে দেখবেন। সময় কিন্তু বেশী নেই বিজয়বাবু।

বিজয় সামন্তের বাড়ির সামনে থেকে পুরোহিত মশাই চলে যাবার পর বিজয়বাবু ধীরে ধীরে বাড়ির ভিতরে প্রবেশ করলেন। পুরোহিতকে ধমক দিয়ে বিদায় করলেও তার মনের মধ্যে পুরোহিতের কথাগুলোই ঘুরঘুর করছিল। গ্রামে মানুষ হলেও বিজয়বাবু শিক্ষিত লোক। তিনি কি করে বিশ্বাস করবেন প্রেত বা অলৌকিক শক্তির অস্তিত্ব। অথচ তলিয়ে দেখলে তিনিও বুঝতে পারছেন যে জেমস ও উসমানের মৃত্যু শুধু মাত্র প্রাকৃতিক বিপর্যয় নয়। গভীর রহস্য আছে এর ভিতর। চিন্তিত মুখে তিনি এসে বসলেন তার বসবার ঘরে। তার চোখের সামনে যেন ভেসে উঠল বারো বছর আগে এই গ্রামে ঘটে যাওয়া একটি নারকীয় ঘটনা।

বিজয় সামন্ত বারো বছর আগে এই গ্রামের মোড়ল ছিলেন না। তখন তার বয়স এই চল্লিশের কোঠায়। তবে প্রভাব প্রতিপত্তি যথেষ্টই ছিল। প্রচুর জমির মালিক ছিলেন বিজয়বাবুরা।

গ্রামের প্রচুর গরীব চাষী তাদের জমিতে চাষ করতো। এমনিতে ভদ্রলোক হিসাবে বিজয়বাবুদের সুনাম ছিল। বিজয়বাবুর বাবা অবিনাশ সামন্ত তখন গ্রামের মোড়ল ছিলেন। বিজয় সামন্ত বিবাহিত ছিলেন এবং তার এক ছেলে আর এক মেয়ে ছিল। অন্যান্য সব কিছু ঠিকটাক থাকলেও বিজয় সামন্তর একটাই বদদোষ ছিল আর তা ছিল মেয়েমানুষের প্রতি তীব্র আসক্তি।

তবে এই বদগুনের খবর বিজয়ের পরিবারের কারও জানা ছিল না। বিজয় নিজেও তার এই গুনের প্রকাশ নিজের গ্রামে কখনো করেনি। এই লিপ্সা সে মাঝে মাঝে শহরে গিয়ে মিটিয়ে আসত।

কিন্তু এই বদগুন বিজয়ের স্বাভাবিক প্রবৃত্তির অঙ্গ ছিল আর তাই একদিন এই নসীপুর গ্রামেই এই গুনের প্রকাশ ঘটল যখন বিজয়ের সবথেকে কাছের লোক নর্মদাচরন রায় এর সুন্দরী স্ত্রী লীনা ব্রাউনের উপর বিজয়ের কুদৃষ্টি পড়ল। নর্মদা বিজয়ের ভীষণ অনুরক্ত ছিল। তার সমস্ত জমিজমার কাজ সেই দেখভাল করতো। লীনা ব্রাউন জাতে খ্রীষ্টান হলেও নর্মদাকে ভালোবেসে বিয়ে করেছিল। তাদের যখন প্রথম পুত্র সন্তানের জন্ম হয় তার নামকরণ করার জন্য নর্মদা ও লীনা বাচ্চাকে নিয়ে বিজয়ের কাছে যায়। তখনই লীনাকে দেখে বিজয়ের মস্তিষ্ক বিকার ঘটে। নানান ছুতোয় এরপর সে নর্মদার অনুপস্থিতিতে তার বাড়ি যেত। বিজয়ের কামুক চাহনি লীনার ভালো লাগত না। সে নর্মদার কাছে এ নিয়ে বললেও নর্মদা এটা গুরুত্ব দিত না। সে তার মালিক বিজয়কে অসম্ভব শ্রদ্ধা করত।

বিজয় মনে মনে মতলব করতে থাকে লীনাকে কিভাবে ভোগ করা যায়। শেষপর্যন্ত একটা গুরুত্বহীন কাজে সে নর্মদাকে একদিনের জন্য শহরে পাঠায়। তার অনুপস্থিতিতে সে লীনাকে নিজের লোক দিয়ে উঠিয়ে আনে এবং তার ছোট্ট বাচ্চাকে মেরে ফেলবার হুমকি দিয়ে নিজের বাসনা চরিতার্থ করে। পরেরদিন সকালে যখন নর্মদা ঘরে ফেরে তখন তার চরম সর্বনাশ হয়ে গেছে। লীনা গলায় দড়ি দিয়ে আত্মহত্যা করেছে কিন্তু মরার আগে পড়াশোনা জানা লীনা একটা চিঠিতে বিজয়ের কুকর্মের কথা লিখে যায় যে চিঠি নর্মদা তার ঘরে আবিষ্কার করে। ক্রোধে আক্রোশে নর্মদা বিজয়ের বাড়ি গিয়ে তার উপর ঝাঁপিয়ে পড়ে। কিন্তু বিজয়ের আশেপাশের লোকেরা তাকে নিরস্ত করে। এই অবসরে বিজয়ের অনুগত লোকজন নর্মদার কাছ থেকে লীনার লেখা চিঠিটা বাগিয়ে নেয় এবং বিজয় নর্মদার সামনে চিঠিটা আগুন জ্বালিয়ে পুড়িয়ে দেয়।

বিজয় সামন্তের বাবা অবিনাশ সামন্ত সমস্ত ঘটনা জানার পর নর্মদাকে পুলিশে খবর দেওয়া থেকে নিরস্ত করে এবং কথা দেয় যে গ্রামে সালিশি সভা বসিয়ে এর বিচার সে করবে।

সেইমতো বিচার সভা বসে পরেরদিন। চোখের জলে নর্মদা তার জীবনের চরম দুর্ঘটনার কথা সবাইকে জানিয়ে বিচার প্রার্থনা করে। কিন্তু অবিনাশ বাবু ও তার ছেলে বিজয় সমস্ত ঘটনা অস্বীকার করে এবং উল্টে মৃত লীনাকে চরিত্রহীন বলে অভিযোগ করে। বিজয়ের সাথে জমির কাজ দেখত আরও একজন আর সে হলো বিজয়ের বন্ধু রমেশ। এই রমেশকে জড়িয়ে বিজয় সামন্ত লীনার বিরুদ্ধে নোংরা অভিযোগ আনে। অভিযোগের সাপেক্ষে এমন তিনজন সাক্ষী সে উপস্থিত করে যাদের প্রত্যেককেই গ্রামবাসীরা শ্রদ্ধা করত।

বিচারের নামে সেদিন নসীপুর গ্রামে যে বিরাট প্রহসন অনুষ্ঠিত হলো তার পুরোভাগে বিজয় সামন্ত থাকলেও তিন প্রধান সাক্ষী হিসাবে উপস্থিত ছিলেন ফাদার জেমস,মৌলবী উসমান আর পুরোহিত অমল ভট্টাচার্য। সালিশি সভার বিচারে বিজয় নির্দোষ প্রমানিত হয়। হতবাক নর্মদার হাহাকার বিচারের বানীর মতো নীরবে নিভৃতে কেঁদে কেঁদে ফিরেছিল সেদিন। সেই রাতেই সারা গ্রামের চোখের সামনে গায়ে আগুন দিয়ে আত্মহত্যা করে নর্মদা। সারা শরীর যখন তার জ্বলছে তখন চিৎকার করে সে বলে যায়- আমি আসব ফিরে। ঠিক ফিরে আসব এক যুগ পরে হলেও আর তখন দোষীরা কেউ পার পাবেনা। কেউ না।

হঠাৎ চমক ভাঙে বিজয় সামন্তের। এতক্ষণ স্মৃতি রোমন্থন করার জন্য খেয়াল করেননি যে বেলা শেষ হয়ে সন্ধ্যা নেমে গেছে। ঘরের ভিতরটা বেশ অন্ধকার লাগছে। আলোটা জ্বেলে দেওয়া দরকার মনে করে চেয়ার থেকে উঠলেন বিজয় বাবু আর তখনই কেমন যেন তার গা টা ছমছম করে উঠল। ঘরে যেন অন্য কারও উপস্থিতি অনুভব করলেন তিনি।

জোরে হাঁক দিয়ে নিজের কাজের লোককে ডাকতে চাইলেন বিজয় সামন্ত কিন্তু তার গলা দিয়ে যেন আওয়াজ বেরোল না। ঘাবড়ে গিয়ে দ্রুত পায়ে ঘরের দরজা দিয়ে বেরোতে গেলেন কিন্তু তাকে হতবাক করে দরজা আপনাআপনি বন্ধ হয়ে গেল। নিশ্চিদ্র অন্ধকার ঘরের মধ্যে গোধূলির হালকা আলো এসে যেমন আধা আলো আধা অন্ধকার পরিবেশ সৃষ্টি করে সেই রকম পরিবেশে নিজের ঘরে তখন চরম আতঙ্ক নিয়ে দাঁড়িয়ে বিজয় সামন্ত। সেই হালকা আলো তখন একটা অবয়বের আকার ধারন করছে। সেই অবয়ব পূর্ণ রূপ পেলে তাকে দেখে শিউরে উঠলো বিজয়। এ যে নর্মদার প্রতিমূর্তি। হা

ঈশ্বর! এও কি সম্ভব? আক্রোশভরা চাহনি নিয়ে সেই নর্মদারূপী অবয়ব তখন চেয়ে আছে বিজয়ের দিকে। চরম আতঙ্কে বুকের বাঁ দিকে যেন যন্ত্রণা অনুভব করলেন বিজয়। হেসে উঠল নর্মদা। স্পষ্ট শুনতে পেল বিজয় তার ফিসফিসে কন্ঠস্বর।

- ভয় লাগছে বিজয় বাবু? হাঃ হাঃ হাঃ হাঃ।
লীনাকে ধর্ষন করার সময় ভয় লাগেনি না?
বিচার সভায় তাকে দুশ্চরিত্রা প্রমান করার সময় ভয় লাগেনি না?
ফাদার জেমস, উসমান আর পুরুতমশাই কে টাকার লোভ দেখিয়ে নিজের দলে টানবার সময় ভয় লাগেনি না?
তোমার পাপের টাকায় জেমসের চার্চের উন্নতি, তোমার টাকায় উসমান মৌলবী হয়েও নবাবী চালে থাকত, তোমার টাকায় পুরুতমশাই এর মন্দিরের বাড়বাড়ন্ত। কিন্তু বিজয়বাবু মন্দির মসজিদ গীর্জা সব জায়গায় টাকা দিয়েও কি তোমার পাপ মুছবে? কখনো নয়।
জেমস গেছে, উসমান গেছে, একটু আগে পুরুতমশাই ও নদীতে স্নান করতে গিয়ে তলিয়ে গেছে। এবার তোমার পালা।
- না না না। এসব মিথ্যা। তুমি আসতে পারোনা। তুমি ছাই হয়ে গেছ আমার সামনে।
- হ্যাঁ, তাই তো আমি আসিনি। আমার ছাইভস্মের অবয়ব তোমার সামনে। রমেশকে মনে পড়ে?
রমেশ আমার ছাই নিয়ে বারো বছর কঠোর তন্ত্র সাধনা করে ছাই এর মধ্যে প্রবল পিশাচশক্তি চালনা করে মৃত নর্মদাকে আবার বাঁচিয়ে তুলেছে তার চরম প্রতিশোধ নেবার জন্য।
বুকের যন্ত্রনায় বিজয় সামন্তের মুখ তখন বেঁকে যাচ্ছে। সেই অবস্থায় তিনি দেখলেন যে একটা দড়ি ধীরে ধীরে তার গলায় পেঁচিয়ে উঠল। তারপর সেই দড়ির অন্য প্রান্ত ঘরের ছাদের পাখার সাথে পেঁচিয়ে এক ঝটকায় তাকে শূন্যে তুলে নিল। ঘাড় ভেঙে তখনি মৃত্যু হলো বিজয় সামন্তের আর একটা গগনভেদী আর্তনাদ করে অদৃশ্য হলো সেই অবয়ব।

প্রতিশোধ সম্পূর্ণ হলো নর্মদার।

www.ingramcontent.com/pod-product-compliance
Lightning Source LLC
Chambersburg PA
CBHW021143120525
26538CB00037B/581
* 9 7 8 1 6 4 8 0 5 4 8 3 9 *